Didier Daeninckx

Passages
d'enfer

Denoël

Didier Daeninckx est né en 1949 à Saint-Denis. De 1966 à 1975, il travaille comme imprimeur dans diverses entreprises puis animateur culturel, avant de devenir journaliste pour plusieurs publications municipales et départementales. En 1983, il publie *Meurtres pour mémoire*, première enquête de l'Inspecteur Cadin. De nombreux romans noirs suivent, parmi lesquels *La mort n'oublie personne*, *Lumière noire*, *Mort au premier tour*. Écrivain engagé, Didier Daeninckx est l'auteur de plus d'une quarantaine de romans et recueils de nouvelles.

Didier Daeninckx, né en 1949 à Saint-Denis (93) a
[...] bien des [...] jusqu'à ses [...]
puis quittant l'enquête. [...]
premier roman paraît en [...]
[...] et enchaîne [...]
[...] roman noir. [...]
de plus en plus insolente de romans et recueils de nouvelles.

Le salaire du sniper

Il n'y a rien de pire qu'un conflit qui s'éternise.

La pluie avait remplacé la neige de la veille, et une eau boueuse rongeait peu à peu les îlots de poudreuse. Quelques voitures filaient droit devant, tous phares éteints, sur l'ancienne avenue de la Fraternité. Elles bondissaient sur le revêtement défoncé, plongeaient dans les mares noirâtres avant de disparaître derrière les murs ruinés du dépôt des autobus. De temps en temps, une silhouette s'aventurait sur le pont dont les lattes disjointes brinquebalaient au-dessus des remous de la Milva. Les gilets pare-balles donnaient des carrures de joueurs de football américain aux soldats interposés qui observaient la ville depuis leurs châteaux de sable. Au loin, un convoi blindé pénétrait sur le tarmac de l'aéroport pour venir hérisser ses canons autour d'un Hercule C 130 chargé de vivres qui, tout juste posé, s'apprêtait déjà à repartir.

Il n'y a rien de pire qu'un conflit qui s'éternise.

C'est exactement ce que pensait Jean-Yves
Delorce en allumant sa première cigarette de la matinée, debout, derrière la vitre sale du Holiday Inn. La
fumée lui brûla les poumons. Il se retourna vers le
matelas posé à même le sol. La fille était partie dans
la nuit et la griffe rouge de ses lèvres sur l'oreiller
était la seule trace qu'elle avait laissée dans sa vie.
Il s'approcha du lavabo et souleva en vain la commande du mitigeur : le groupe électrogène n'était pas
encore en marche. Il revint dans la chambre pour
emplir une petite casserole d'eau minérale qu'il fit
chauffer sur le camping-gaz, puis jeta deux cuille-
rées de Nescafé au fond d'un verre. Une rafale de
mitrailleuse résonna sur les hauteurs, et il n'eut
même pas besoin de regarder par la fenêtre pour
savoir quelle batterie avait inauguré le mille six cent
vingt-troisième jour de conflit. L'oreille suffisait.
Après quatre mois de présence pratiquement continue à Kotorosk, Jean-Yves Delorce pouvait identifier
le son de toutes les pièces d'artillerie disposées sur
les collines environnantes.

Il avala rapidement l'eau colorée avant de cogner
du plat de la main contre la cloison pour signaler à
son équipier qu'il était prêt, quand le téléphone
cellulaire se mit à sonner. La voix de Polex se frayait
un chemin dans le siècle qui séparait les bureaux
climatisés parisiens du palace ravagé de Kotorosk.
C'était un Basque massif qui répondait au nom de

Paul Exarmandia, mais toute la profession l'avait comprimé en Polex le jour où il avait pris la direction du service étranger, le « pool extérieur » en jargon de métier.

— C'est toi, Delorce ? Ça va bien ?

— Comme un lundi...

— On est mardi...

— Justement !

Polex soupira.

— C'est calme ce matin ?

— Il ne faut pas se plaindre, le périf est dégagé...

Philippe, le cameraman, se glissa dans la chambre et interrogea Delorce du regard pour savoir avec qui il discutait. Le reporter obtura le micro avec sa paume.

— C'est Polex qui s'informe sur la météo...

La voix nasilla dans l'écouteur.

— Qu'est-ce qui se passe ? Tu m'entends ?

— À peu près, la batterie est en fin de course...

— Très bien, je vais faire vite... Je sors à l'instant de la conférence de rédaction élargie. Tout le monde était là, la grosse pomme et les fruits annexes... On s'est fait tirer dessus comme des lapins.

— Je n'aurais pas voulu être à ta place...

Le Basque se fit cassant.

— Écoute, tes vannes, ça va un temps... À ton âge j'avais déjà trois ans de crapahutage dans les Aurès, caméra 16 à l'épaule, et je m'en suis repris presque autant au Vietnam... On faisait la lumière au napalm...

— Ce n'est pas ce que je voulais dire...

— Je me fous de ce que tu voulais dire ! On verra où tu en seras à cinquante-cinq balais. En attendant, tes vannes, tu te les gardes, c'est tout.

Delorce se tourna vers Philippe qui feuilletait un exemplaire du *Monde* vieux d'une semaine exhumé de sous le matelas et, ayant capté son regard, leva les yeux au ciel.

— Excuse-moi... Qu'est-ce qu'ils nous reprochent exactement ?

— Ils ne parlent pas avec des mots mais avec des chiffres... Parts de marché, taux d'audience, indices de pénétration, répartition par couches socioprofessionnelles... En résumé, le journal a décroché de cinq points sur la moyenne du dernier trimestre par rapport à la concurrence. Tous les programmes qui suivent chutent d'autant, la pub, les téléfilms, les variétés... On ne joue plus notre rôle de locomotive...

— C'est un problème, mais je ne crois pas qu'on y puisse grand-chose à Kotorosk !

Polex laissa peser un silence.

— Ce n'est pas ce qu'ils ont l'air de penser...

— Écoute, Paul, tu sais bien qu'on ne va pas faire exploser l'audimat avec un conflit aussi enlisé que celui-ci ! Il faut être là au cas où ça pète parce que les éclats arroseront l'Europe entière... On ne

joue pas le même rôle que les cow-boys de la Une...
Ils débarquent une fois par mois en profitant d'un
zinc de l'ONU qui amène la relève de Casques bleus,
en deux jours ils mettent en boîte un sujet bidon, et
ils repartent comme ils sont venus, aux frais des
Nations unies !

— Le problème, c'est que leurs sujets font de
l'audience, si bidon soient-ils... Il faudrait peut-être
se poser des questions... La semaine dernière, en
trois minutes, ils ont raconté l'histoire de ce couple
qui avait vécu séparé pendant trois mois après la
destruction du dernier pont sur la Milva... Avec, au
finale, les retrouvailles sur les planches branlantes
du pont provisoire installé par les compagnons du
Devoir venus spécialement de Bourgogne... Ils nous
ont écrabouillés...

Jean-Yves Delorce coinça le récepteur entre son
épaule et sa joue pour allumer une cigarette.

— Tu veux que je t'explique comment ils ont
bidouillé leur truc ?

— Je me fous de la cuisine interne ! La réalité,
c'est ce que les gens ont vu ! C'est comme la chute
de Berlin...

— La chute du Mur, tu veux dire ?

— Non, la chute de Berlin, en 1945... Les Américains ont tourné des kilomètres de pellicule couleur
dans les rues de la capitale du Reich. Du brut de
décoffrage. De leur côté, les Russes ont emmagasiné

de fausses actualités en noir et blanc. Ils ont reconstitué les principales phases de la bataille, juste derrière la ligne de front... L'image du soldat qui enlève l'emblème nazi sur le Reichstag pour planter le drapeau soviétique, on dirait du direct mais c'est presque deux jours de tournage ! Le hic aujourd'hui, c'est que, quand tu visionnes les archives, les Russes, ça fait vraiment vrai, tandis qu'avec les Américains tu as l'impression de te promener dans un studio d'Hollywood !

Delorce rejoignit son cameraman dans les vestiges des cuisines du Holiday Inn, et ils gagnèrent l'entrée du parking souterrain. Le taxi qu'ils réservaient au mois les attendait. C'était une Lada Niva poussive, aussi confortable qu'une brouette, qui leur fit traverser le quartier résidentiel déserté et s'engouffra en couinant dans les sous-sols d'un supermarché calciné qui servaient de studios à la chaîne nationale. Ils recueillirent les confidences bétonnées d'un émissaire russe et mirent en boîte quelques images de la conférence de presse hebdomadaire des généraux internationaux chargés de surveiller une frontière dont on avait feint d'oublier l'existence pendant cinq siècles. Delorce improvisa un commentaire, puis une monteuse que Philippe pratiquait en soirée appareilla les fragments avant de les envoyer par satellite à la régie parisienne. Ils s'étaient lassés assez rapidement de la tambouille d'inspiration lyonnaise que confectionnait le chef cuistot pakistanais du Holiday Inn en mélangeant les produits frais achetés au marché noir avec les rations allemandes fournies par le commandement onusien. Les dollars du défraiement leur ouvraient les portes blindées des quelques restaurants haut de gamme où les diplomates en poste à Kotorosk se mêlaient à toutes les variétés de profiteurs de guerre. Ils commandèrent des truites de la Milva qu'on leur servit accompagnées des derniers champignons de l'automne, et Jean-Yves Delorce attendit que le garçon se soit éloigné pour résumer à Philippe les critiques de Polex sur leur travail commun. Le cameraman enleva la peau de son poisson avec dextérité puis détacha lentement les filets avec le plat de son couteau sans emporter la moindre arête. Il piqua les pointes de sa fourchette à l'intérieur de son demi-citron pour arroser la chair.

— On n'est pas plus cons que les autres... C'est toujours possible de bricoler un truc...

— Tu penses à quelque chose de précis ?

— Pas encore, c'est trop frais... Il suffit de penser à un scénario et de dégoter les gugusses qui veuillent bien interpréter les rôles.

Delorce fit la grimace.

— Qu'est-ce que tu as, c'est pas bon ?

Il posa ses couverts et haussa les épaules.

— Si, c'est parfait... Je vais te raconter une histoire... Il y a une dizaine d'années, alors que je débutais dans le métier, j'ai rencontré un photographe vedette de *Paris-Match*, sur un reportage. Les Iraniens venaient de faire sauter une bombe dans un T.G.V. Ce type avait trimbalé son objectif partout à travers le monde et rapporté des scoops à la pelle. Une véritable légende vivante. Il y avait de la viande partout... Les flics l'ont laissé passer dès qu'ils l'ont reconnu et il est monté dans le wagon... Je ne sais pas pourquoi, j'ai suivi le mouvement sans qu'il s'en aperçoive... Il y avait une petite môme dans un coin... Il a réglé son appareil, prit quelques clichés, puis il a sorti un objet de son sac... Je n'ai pas réussi à savoir quoi, sur le moment... Il l'a posé près du corps de la môme avant de finir sa pellicule...

— C'était quoi ?

— Attends... Il est sorti par l'autre porte. J'ai regardé en passant... Il n'y avait rien... J'ai acheté l'édition spéciale de *Match*... La photo figurait en une. Je la revois comme si je l'avais devant les yeux ! La moitié du visage de la gamine, ses cheveux répandus sur son épaule, sur son bras, et juste à côté de la main ouverte, une petite poupée au regard bleu... C'était à chialer ! Tu comprends, c'est ça qui en faisait toute la force : la poupée qu'il avait posée...

Philippe redonna de la couleur aux verres.

— Le pire, c'est qu'il avait pensé à l'apporter...

— Je ne veux pas qu'on en arrive là, c'est tout.

— Ne t'en fais pas, Jean-Yves, on va s'arranger pour n'avoir rien à rajouter... Tu peux compter sur moi.

Plusieurs snipers avaient repris du service le long de la ligne de front et ils durent attendre la tombée de la nuit pour que le taxi mensualisé accepte de risquer la carlingue asthmatique de sa Lada Niva sur l'avenue de la Fraternité. Une équipe de démineurs s'occupait d'un obus incendiaire qui s'était planté sans exploser dans les pelouses du Holiday Inn, un peu plus tôt, labourant les jasmins. La nuit fut calme : seules quelques balles traçantes et une fusée-parachute disputèrent la clarté du ciel aux étoiles.

Jean-Yves Delorce fut réveillé par l'attaque vrillante d'une mèche de perceuse à percussion sur du béton armé. La direction de l'hôtel tentait une nouvelle fois de rétablir les circuits du téléphone et de la vidéo. Il parvint à se laver les cheveux en épuisant le peu d'eau tiède que la pomme de douche crachotait mais il dut se raser à sec. Il cogna à la cloison entre deux stridences de la Black et Decker. Le cameraman ne répondit pas à l'appel. Il se montra en fin de matinée, au bar, alors que Delorce faisait semblant de s'intéresser aux solutions miracles pour faire revenir la paix dans l'enclave de Kotorosk qu'exposait un jeune politicien polonais formé dans une des nouvelles énarchies de l'Est.

— Où est-ce que tu étais passé ? Tu aurais pu prévenir.

Philippe commanda un ouzo qu'il troubla d'autant d'eau.

— Je voulais te faire la surprise.

Delorce se pencha vers lui, étouffant sa voix.

— Tu es sur une piste ?

— Je crois bien que oui... On doit me passer un coup de téléphone tout à l'heure pour la confirmation.

— Et c'est quoi exactement ?

Le cameraman renversa la tête pour boire la dernière goutte d'anis et reposa son verre, satisfait.

— Le Gavroche des Balkans... L'histoire d'un petit môme qui trafique entre les deux camps pour faire vivre sa famille... Tu achètes ?

— En tout cas je demande à voir. C'est cher ?

— Pas trop... Cinq cents dollars... La moitié cash, le solde après diffusion. Le problème c'est qu'il faut se décider rapidement, les types de CNN sont sur le coup.

Delorce rentra la tête dans les épaules quand un chasseur-bombardier passant à basse altitude s'attira quelques salves de D.C.A. qui parsemèrent le ciel de minuscules nuages éphémères. Il reprit sa stature normale.

— C'est d'accord... Je monte dans ma piaule. Tu me fais signe dès que tu as du nouveau.

La Lada Niva stoppa près d'une cuve d'essence touchée de plein fouet par un obus, dont les morceaux épars faisaient penser à des sculptures de Calder mises au rebut. Le conducteur du taxi se retourna sur son siège, un sourire désolé accroché aux lèvres, et il fit appel à toutes ses connaissances en anglais, français et allemand pour leur dire que les voitures ne pouvaient aller plus loin sans risquer la désintégration. Jean-Yves Delorce emboîta le pas à son équipier, le soulageant d'une partie de son matériel. Ils dépassèrent les limites de la zone industrielle et s'engagèrent sous le viaduc de l'échangeur nord de Kotorosk. D'immenses plaques de béton recouvertes d'asphalte pendaient le long des piliers, retenues par la ferraille de l'armature. Des panneaux émaillés indiquaient des destinations proches interdites depuis des années. Plusieurs dizaines de familles s'étaient réfugiées au centre du dispositif, sous quatre couches superposées d'autoroutes. Philippe s'arrêta près d'un type qui désossait le moteur d'une Wartburg et lui montra une adresse inscrite sur la languette intérieure de son paquet de Gitanes. Le mécano prit une cigarette qu'il coinça derrière son oreille avant de désigner un abri du doigt. Ils pénétrèrent dans une pièce de quatre mètres sur cinq aménagée entre les deux piliers d'une bretelle. Une demi-douzaine de gamins et de gamines regardaient un dessin animé japonais sur une télévision dernier

cri alimentée par des batteries de voiture montées en
série. Le plus âgé, qui devait avoir une quinzaine
d'années, vint à leur rencontre. Il leur tendit la main
puis, en hôte attentif, les fit passer dans un réduit
attenant qui semblait principalement servir à ranger
les matelas au cours de la journée. Il discuta un assez
long moment avec le cameraman pour finir de mettre
au point les termes du contrat, et les deux cent
cinquante dollars d'acompte changèrent de poche.
Delorce s'impatientait.

— Il nous reste à peine trois heures avant que la
nuit tombe...

— C'est bon, on a le temps ! Yochka, c'est
comme ça qu'il veut qu'on l'appelle, va d'abord
nous emmener dans le secteur de l'hôpital. Il connaît
une combine pour passer derrière les lignes... Nous,
on aura juste à le filmer depuis le bunker...

Le gamin confia la garde de sa petite troupe à
une brunette rigolarde, et fit sortir les deux reporters
par une trappe ménagée dans une cloison qui lui permettait d'échapper à la surveillance de ses voisins.
La cheminée du crématorium de l'hôpital de Kotorosk apparut entre deux bosquets alors qu'ils marchaient depuis un bon quart d'heure. Ils s'arrêtèrent
à plusieurs reprises pour cadrer l'adolescent sur la
tourelle rouillée d'un blindé de fabrication chinoise
ou près d'un canon hors d'usage. Parvenu à proximité des bâtiments, Yochka leur assigna une place

derrière une meurtrière et leur montra le chemin qu'il allait emprunter. Philippe vérifia le bon fonctionnement de la caméra puis il pointa l'objectif sur le gamin qui bondissait de trou d'obus en trou d'obus, qui profitait du moindre creux pour se mettre à l'abri, qui rampait lorsqu'il se savait à découvert... Il leur adressa un signe lorsqu'il eut atteint son objectif, une casemate chavirée entourée de barbelés. Des tirs éclatèrent sur une colline proche. Ils le virent réapparaître deux minutes plus tard, sa besace gonflée comme une outre. L'adolescent emprunta le même chemin pour revenir vers eux, et il étala devant la caméra le produit de son incursion dans le no man's land séparant les avant-postes des deux factions qui se disputaient le secteur. Philippe zooma sur un assortiment de boîtes de conserve cabossées, haricots verts, ravioli, bœuf en daube, sardines à la tomate, thon en miettes... Yochka leur expliqua qu'avant l'offensive de la milice de Dragan, la casemate abritait l'économat de l'hôpital et qu'il restait plusieurs centaines de kilos de vivres dans les décombres.

Ils filèrent ensuite vers les collines de Doudrest. Des plaques de neige durcie par le vent subsistaient sur les pentes exposées au nord. Ils contournèrent la cabine des remontées mécaniques et l'immense roue métallique qui l'avait à moitié écrasée lors de sa chute. Yochka shoota dans le casque troué d'un

milicien. Il pointa le doigt en direction d'une série
de petits enclos, de minuscules maisons de bois
regroupées au creux d'un vallon. Delorce prit le
cameraman par la manche.

— Il ne faut pas qu'il aille là-bas... Il y a une
batterie et des mortiers juste en face... On les a filmés
il y a deux mois... Ce sont de véritables dingues !

Philippe remplaça posément la cassette parvenue
en bout de course, assura la caméra sur son épaule
et cadra la silhouette de Yochka qui zigzaguait
devant eux.

— Ne t'inquiète pas, il sait ce qu'il fait.

Une roquette fit voler un pan de mur en éclats, de
l'autre côté de la vallée, tandis que le jeune garçon
progressait sur le chemin du retour. Il se plaqua au
sol avant de reprendre sa course. Il vida une nouvelle
fois sa besace devant l'objectif et gratta la terre des
jardins ouvriers des faubourgs de Kotorosk pour
faire admirer aux deux journalistes la qualité des
légumes d'hiver qui y poussaient. Ils redescendirent
vers le centre de la ville et se tinrent à distance de
Yochka, simulant une caméra cachée, quand celui-ci
s'installa sur le rebord de la fontaine des Trois-
Indépendances pour vendre les boîtes de conserve,
les carottes, les choux, arrachés aux zones interdites.
Le taxi les attendait à un kilomètre de là, près de
l'ancien musée ottoman. Philippe s'arrêta devant
les vestiges des premières fortifications de Kotorosk

érigées par les légionnaires romains. À sa demande Yochka escalada de bonne grâce les pierres érodées. Son corps se découpait à contre-jour dans le ciel quand le coup de feu claqua. Il jeta ses bras dans l'air, tournoya comme un oiseau blessé et s'abattit aux pieds de Jean-Yves Delorce.

Des extraits du « Gavroche de Kotorosk » furent diffusés dès le lendemain aux journaux de treize et vingt heures, et de nombreuses bandes-annonces constellèrent l'antenne afin de drainer les spectateurs de chaque tranche horaire vers le numéro spécial de « Reporters du monde » que Polex avait programmé pour le prime time du mercredi. Jean-Yves Delorce avait réussi à se faire embarquer par un détachement de Casques bleus qui partaient en permission à Rome, puis un avion privé affrété par la chaîne l'avait déposé au Bourget. Il prit quelques heures de repos dans un palace du Front de Seine.

Plus de quinze millions de téléspectateurs écarquillèrent les yeux quand le générique de l'émission s'incrusta sur les écrans.

Au même moment, Philippe, son cameraman, traversait le pont aux lames disjointes jeté au-dessus des eaux boueuses de la Milva. Il tendit les deux cent cinquante dollars au sniper qui l'attendait derrière une école maternelle détruite.

Le manuscrit
trouvé à Sarcelles

Gabriel Tasson-Vasseur leva les yeux sur la bibliothèque qui occupait le mur lui faisant face et se mit à compter, en latin, les volumes reliés plein cuir serrés sur l'étagère supérieure droite, puis il recensa le nombre d'étagères, opéra la multiplication. Le chiffre de trois mille deux cent vingt-sept fit naître, comme chaque jour, un sourire sur ses lèvres académiques. Il lui fallait arriver à ce résultat pour être en mesure de commencer sa journée de travail. L'esprit en paix, il ouvrit le coffret marqueté posé au beau milieu du plateau de son bureau et ajusta entre ses doigts le bijou Cartier qui lui servait de stylo. La plume ouvragée s'écarta en deux, sous la pression, laissant derrière elle un filet d'encre brillante :

Le ministre fit passer le procureur du roi dans son cabinet et lui montra une chaise.

« Sans doute ce parallèle entre votre pouvoir, tout à fait officiel, et celui de notre société, rigoureusement clandestin, peut vous choquer au premier

abord. Je le conçois. Mais outre que nous nous récla-
mons, contre cette impression superficielle, du sens
de l'égalité démocratique que vous possédez à un
haut degré, il vous apparaîtra certainement que, si
vos décisions exercent leur suprématie dans le
domaine du droit, il est compréhensible que les
nôtres soient maîtresses dans le domaine du fait, où
nous excellons. »

Gabriel Tasson-Vasseur se rejeta contre le dossier
du fauteuil et relut à haute voix le monologue de son
personnage principal. Il s'interrogea un moment sur
l'opportunité du *démocratique* qui redoublait *égalité*,
fut tenté de le raturer et finit par le laisser en place, y
voyant une sorte de provocation. Il était pratiquement
midi quand il piqua par trois fois la pointe de la
plume sur le papier pour clore l'antépénultième
chapitre de son roman sur des suspensions. La cloche
du quart sonnait à Saint-Philippe-du-Roule quand la
gouvernante poussa la porte du bureau et traversa la
pièce, sans un mot, pour déposer le plateau chargé
de couverts et de victuailles sur un guéridon, près de
la porte-fenêtre. L'académicien se leva et se rafraîchit
les mains, le visage, dans la salle de bains attenante
à son cabinet de travail. Il plaça la chaise de manière
à porter son regard dans l'axe des Champs-Élysées
tout en évitant les rayons directs du soleil, puis
chipota dans les terrines, les viandes froides et les
fromages. Il s'accorda un verre de château-pirotte, un

cru bourgeois dont il faisait son ordinaire, avant de
demander qu'on lui appelle un taxi. Un vague petit-
cousin dont il ne soupçonnait même pas l'existence,
et qui professait dans un lycée de Sarcelles, lui avait
écrit quai Conti, plusieurs mois auparavant, pour lui
demander de venir ne serait-ce qu'une heure dans sa
classe de terminale afin de rencontrer une trentaine
d'élèves qui étudiaient *Murailles et mirages*, l'un de
ses premiers textes qui, ayant reçu le prix Albert de
Bruynhes, ne comptait pas pour rien dans la reconnaissance dont l'œuvre de Gabriel Tasson-Vasseur
faisait l'objet. Il avait eu la faiblesse d'accepter, par
égard pour le nom porté sur l'en-tête du courrier, et
c'était au moment de quitter sa table de travail qu'il
s'apercevait combien ce mouvement généreux lui
coûtait. Une fraction de seconde, sachant que personne n'aurait à cœur de l'en blâmer, l'envie le prit
de renoncer. Il tira les rideaux pour voir une Mercedes venir se garer devant le porche de l'ancien
hôtel particulier des Cavalcanti, se dirigea vers l'escalier puis, se ravisant, il rassembla les feuillets épars
du manuscrit en cours, les glissa dans une serviette
de cuir souple et quitta la pièce pour de bon. Au cours
du voyage il vérifia quelques passages, substituant
à l'expression *cheval surmené* celle de *monture for-
traite*, et servant à quelques voyageurs attardés et
affamés, dix pages plus loin, une *galimafrée* en lieu
et place de *rôti*. La basilique de Saint-Denis, qu'il

n'avait fréquentée qu'en une occasion, une froide
matinée de fin janvier, lui apparut depuis l'autoroute,
cernée par les immeubles miroirs de la rénovation du
centre-ville. Il ferma les yeux sur le souvenir de cette
messe dite pour le repos de l'âme de Louis XVI, deux
siècles jour pour jour après sa décollation.

Il n'avait jamais mis les pieds à Sarcelles. Ses
seules images de la cité appartenaient à la télé.
Quelques bandes d'actualités en noir et blanc datant
du début des années 60, quand la plaine s'était cou-
verte de parallélépipèdes de béton séparés par des
enrobages d'asphalte rectilignes. Il fut surpris par les
vastes étendues engazonnées qui entouraient les bâtiments, par la présence insistante des arbres de toutes
essences qui parvenaient à masquer en partie le gris
délavé des façades. Le lycée Strauss-Kanakos, du
nom d'un musicien austro-grec ami de Byron, avait
été construit au milieu d'un parc parsemé de sculptures métalliques aux formes acérées, agressives. Le
taxi le déposa devant l'entrée de l'établissement, et il
eut à peine le temps d'approcher la main de son portefeuille qu'un homme d'une cinquantaine d'années
se portait à la hauteur du chauffeur pour régler la
course. La direction du lycée s'était postée devant la
grille, alignée comme pour la parade, et le payeur, qui
se révéla proviseur, se chargea des présentations.
Gabriel Tasson-Vasseur projeta sa fibre paternelle
dans un grand gaillard au visage avenant qu'une

jeune femme mangeait des yeux, et ne put réprimer une grimace quand le petit-cousin qui portait son nom s'avéra un type de corpulence moyenne habillé de velours noir et affligé d'un collier de barbe rappelant immanquablement tous ces députés socialistes inconnus qui avaient envahi les travées de l'Assemblée nationale, en juin 1981, lors de la vague rose consécutive à l'élection de François Mitterrand. Un buffet avait été dressé en l'honneur de l'illustre visiteur dans la salle à manger des professeurs, séparée de la cantine des élèves par un récent mur de parpaings. Gabriel Tasson-Vasseur accepta une tasse d'un café fait au litre, et répondit par quelques amabilités au discours de bienvenue prononcé par l'inspecteur d'académie qui était arrivé entre-temps, plaisantant même sur le titre qui s'attachait à la fonction. La rencontre avec les élèves se tenait dans les locaux du centre de documentation et d'information, une exposition réalisée à partir de coupures de presse et de jaquettes de livres retraçait la carrière littéraire de Gabriel Tasson-Vasseur. Quelques photos le montraient en compagnie de collègues académiciens comme Louis Leprince-Ringuet, Edgar Faure ou le comte d'Ormesson, et de tout ce qui comptait dans l'édition et le mouvement des idées, Françoise Giroud, Jean-Edern Hallier ou François Nourissier. En quelques phrases le petit-cousin poilu lui érigea un piédestal, et il ne lui resta plus qu'à répondre aux questions que les étudiants avaient inscrites sur des feuilles arrachées aux cahiers, et qu'ils posèrent à tour de rôle après avoir poliment levé le doigt. Aucun d'eux ne tenta de le gêner, personne n'émit la moindre réserve sur ses livres, rien en fait ne le surprit, et il leur servit les mêmes évidences, les mêmes lieux communs dont il abreuvait les journalistes qui s'en contentaient. L'univers de l'enfance, le paradis perdu, la permanence du thème provincial, le déchirement de l'exil urbain, la recherche des racines, l'importance vitale de la maison maternelle... Il revendiqua l'influence de Chardonne et rejeta celle de Mauriac, critiqua Sartre et encensa Revel. Il accepta de bonne grâce, une heure plus tard, de dédicacer les trente exemplaires Press-Pocket de son *Murailles et mirages* et prétexta un début de migraine pour décliner l'invitation au cocktail offert cette fois par la direction du lycée Strauss-Kanakos. Le petit-cousin, les yeux mouillés par la reconnaissance, se confondit en remerciements de la porte du lycée à celle du taxi dont il régla la course par avance en se fondant sur le tarif pratiqué à l'aller. Le chauffeur, un Indien de Madagascar, le reconnut immédiatement pour l'avoir vu à « Bouillon de culture » lors d'une émission consacrée au retour des spiritualités.

Ce n'est que bien plus tard, alors qu'il venait de battre les candidats de « Questions pour un champion », et qu'il rejoignait l'étage de la demeure où il cohabitait avec sa femme, que Gabriel Tasson-Vasseur prit conscience de l'événement qui avait déjà marqué sa vie. Il tapa du pied sur le parquet en lâchant un « merde » sonore. La vibration gagna le lustre, les tableaux et les couverts que la gouvernante alignait sur le buffet avant d'aller les disposer sur la table. Adrienne Tasson-Vasseur abattit sur ses genoux l'exemplaire de *Spectacles du Monde* qu'elle était occupée à lire pour fixer sur son époux un air d'étonnement dont elle n'avait plus usé depuis la dernière nuit de leur voyage de noces, un demi-siècle plus tôt, quand Gabriel avait tenté de la prendre à revers.

— Que vous arrive-t-il, mon ami ! Vous vous sentez mal ?

Il s'était laissé tomber dans un fauteuil qui se trouvait opportunément placé, et plaqua ses paumes sur ses tempes.

— C'est pire que tout... J'ai oublié *Parures d'automne* dans le taxi !

La journée avait mal commencé pour Freddy Moerdeley. Levé en retard à cause d'une défaillance de l'électronique du radioréveil que la secrétaire de l'Agence de réinsertion de Sarcelles n'avait pas voulu prendre en compte, il en avait été quitte pour attendre que la première vague de candidats eût terminé de répondre au questionnaire de sélection. Deux heures assis sur une mauvaise chaise, face à un

écriteau qui martelait à chaque seconde l'interdiction
de rétablir dans ses veines le taux habituel de nico-
tine, c'était exactement ce qu'il lui fallait comme
exercice de concentration ! Le résultat avait été
désastreux et la même secrétaire, pouffant en pro-
nonçant son nom, lui avait signifié qu'il pouvait disposer du restant de la journée. Freddy en avait profité
pour aller toucher le reliquat d'une mission effectuée
le mois précédent, chez Manpower, et s'était offert
un couscous séfarade à la terrasse du Tunisien du
boulevard Camus. Le ventre gonflé de semoule, le
cerveau flottant dans le gris de La Marsa, il n'avait
pas trouvé assez de courage pour monter jusqu'à la
gare de Sarcelles-Saint-Brice. Son bras s'était levé
au passage du premier taxi, une Mercedes rutilante
immatriculée à Paris.

— Sentier des Engoulevents, à Deuil-la-Barre...
C'est en traversant Montmagny, à hauteur de la
redoute de la Butte-Pinson, qu'il posa le pied sur une
sacoche qui avait glissé sous le siège du chauffeur. Il
la déplaça vers lui, lentement, et fit semblant de
renouer un lacet pour s'en saisir et la poser à ses
côtés. Il résista à l'envie qu'il avait de l'ouvrir et
occupa le dernier quart d'heure de route à imaginer
ce qu'elle pouvait contenir. La fermeture Éclair
zippa dans l'ascenseur et il se retrouva sur le palier
du troisième avec le manuscrit dans les mains. Il le
jeta sur le lit et inspecta la sacoche sous toutes

ses coutures à la recherche de ses rêves. Il finit par s'allonger, la tête bien calée sur l'oreiller, pour déchiffrer le texte de *Parures d'automne*. Il lui fallut quelques minutes pour s'habituer aux pattes de mouche de l'écrivain, aux ratures, aux rajouts et renvois en bas de page, puis il s'installa dans l'histoire. Il lui était arrivé plusieurs fois de commencer à composer un roman mais il n'avait jamais dépassé le cap du premier chapitre et ses projets avortés stagnaient dans une malle, à la cave.

« *Exactement, et je dois vous avouer, monsieur le Conseiller, que sur le moment j'en ai faiblement souri. Maître Trifoual, de son côté, était également porté à considérer que ce n'était qu'une mauvaise plaisanterie, mais néanmoins il se demandait, en toute bonne logique, s'il ne devait pas résister au premier mouvement et examiner la question d'une façon objective, à tout le moins reprendre l'affaire par son commencement.* »

La prose de l'inconnu l'impressionnait, et il s'arrêtait sur des formules qu'il ne se souvenait pas avoir lues auparavant comme « *il le salua avec une cordialité presque effusive* » ou « *il murmura une nouvelle fois — Claudia — il avait bien le droit de l'appeler ainsi, et d'ailleurs ce prénom avait pu être galvaudé par tant de lèvres... Claudia, qu'avez-vous, de quoi avez-vous peur ?* ». Tout lui paraissait aller de soi, et il s'avoua que c'est ainsi qu'il aurait aimé

écrire : l'inconnu s'accordait à sa voix. Freddy ne
s'autorisa qu'une pause, pour boire un café en écoutant le résultat des courses, à Vincennes, puis après
avoir déchiré ses tickets il reprit contact avec le cas
de conscience de Jean d'Arousse, procureur du roi
tombé amoureux fou de la belle Claudia de trente ans
sa cadette et fille du conseiller Le Moal. Il le relut
une nouvelle fois, dans son intégralité, éteignant sa
lumière de chevet à l'heure où circulaient les premiers bus.

C'est en prenant son déjeuner dans l'arrière-salle
du *Martin-Bar*, *Le Parisien* déployé sur le formica,
que son regard accrocha le petit encadré perdu dans
la colonne des faits divers en trois lignes.

UN ACADÉMICIEN ÉGARE
SON MANUSCRIT

Gabriel Tasson-Vasseur, prix Albert
de Bruynhes pour *Murailles et mirages*, a perdu l'unique manuscrit de
son roman en cours dans un taxi, entre
Paris et Sarcelles. Toute personne qui
aurait entre les mains ce document, qui
présente une importance capitale pour
l'écrivain, est priée de se mettre en rapport avec le secrétariat de l'Académie
française. Discrétion assurée.

De retour dans sa chambre, Freddy Moerdeley essaya d'évaluer la somme à laquelle ce Tasson-Vasseur estimait le paquet de feuilles qu'il avait remis dans la serviette. Dix, vingt, trente mille francs ? Il se rendit compte que ces quelques dizaines de billets n'étaient que peu de chose auprès de la fierté qu'il avait ressentie en imaginant son nom imprimé au-dessus du titre de l'ouvrage. Il prit le roman et l'enfouit sous une pile de vêtements dans le dernier tiroir de la commode. Il laissa passer quelques mois avant de le ressortir de sa cachette et de le recopier en prenant soin de changer les noms des personnages, des lieux, en modifiant quelques formules. L'Agence de réinsertion avait fini par lui proposer un stage-formation de gestion de stocks dans un entrepôt de meubles en kit, et il bassinait ses collègues, à la cantine, avec son chef-d'œuvre en chantier. Ils commencèrent par en plaisanter, mais reconnurent leur erreur quand Freddy confia le manuscrit de ce qui était devenu *Le Démon de minuit* à une petite secrétaire du service Relations-Clients qui avait accepté de le taper sur son Macintosh pendant les temps morts.

Un an jour pour jour après la découverte de la serviette dans la Mercedes, Freddy posta cinq photocopies de son plagiat à destination des maisons d'édition qu'il considérait comme les plus renommées. Fixot répondit la première en déclinant l'offre,

puis ce fut au tour de Gallimard, Grasset, Édition
N° 1 et Laffont. Toutes tenaient le manuscrit à sa
disposition, aux jours et heures de bureau. Il mit un
bon mois à accepter cette vague de refus injustifiés et
renonça à s'humilier davantage en allant reprendre
les cinq jeux de photocopies. La Rank-Xerox du
service Relations-Clients débita du *Démon de minuit*
en heures supplémentaires, et une seconde sélection d'éditeurs, un peu moins glorieuse dans l'esprit
de Freddy, fut servie. Les réponses de Marabout,
Denoël, des Éditions de Minuit et du Seuil formèrent
un tir groupé analogue au précédent. Cent trente-
deux autres envois se soldèrent par le même résultat,
et aucun des lecteurs ne semblait s'être assez intéressé au texte pour se fendre d'une note critique. La
mort dans l'âme, Freddy Moerdeley se résigna à
écrire l'adresse de la Pensée universelle sur la cent
quarante-deuxième enveloppe. La lettre d'accepta-
tion, enthousiaste, lui fut remise moins d'une
semaine plus tard par la factrice. En fait de lettre il
s'agissait plutôt d'une circulaire qu'on avait person-
nalisée en rajoutant son nom, son adresse ainsi que le
titre du manuscrit dans trois espaces préalablement
vierges. Le contrat annexé stipulait que la société se
chargeait de la réalisation d'un tirage de mille cinq
cents exemplaires du *Démon de minuit*, pour la
somme globale de quarante-trois mille francs hors
taxes, et qu'une campagne de publicité à la radio, la

télé et dans la presse écrite assurerait un franc succès
à l'ouvrage ainsi qu'une large renommée à son
auteur. Freddy Moerdeley négocia un paiement
échelonné et bientôt il put présenter à ses amis, ses
collègues, un volume de deux cent trente-deux pages
sur la couverture crème duquel s'étalait son nom. Il
en vendit quelques dizaines autour de lui puis se
lassa. Le tirage, dans sa presque totalité, rejoignit les
romans avortés, dans la cave. Freddy se maria trois
ans plus tard avec la petite secrétaire qui était passée
du service Relations-Clients à celui du Contentieux.
Ils s'installèrent dans un trois-pièces, à Montmagny,
et laissèrent derrière eux les piles de *Démon de
minuit* que le nouveau locataire fit débarrasser par
un brocanteur de Saint-Denis qui les céda lui-même
à un soldeur.

Gabriel Tasson-Vasseur avait répondu, comme
tous les mois, à l'invitation de son voisin de Coupole
l'historien Jean-François de Protais. Les dîners
étaient toujours pleins de surprise, le maître de
maison reconstituant des plats que l'on servait à la
Cour trois siècles auparavant et les accompagnant de
vins rares dont on n'élevait rarement plus de mille
bouteilles par année. La soirée s'achevait rituellement dans la *petite bibliothèque du tout-venant*. Les
convives tiraient au hasard l'un des livres que l'hôte
avait reçus depuis son élection à l'Académie et en

lisaient quelques extraits, au hasard. Les applaudissements et les rires unanimes condamnaient l'ouvrage à alimenter le feu qui brûlait dans la cheminée.
Ce « tout-venant », comme Protais l'avait baptisé,
occupait une pièce de cinq mètres sur dix, et les
volumes s'empilaient devant les rayonnages chargés
sur deux épaisseurs. Gabriel fut désigné par le sort
pour piocher le premier. Il ouvrit le livre, annonça
titre et auteur puis déclama la dédicace : *L'Âme
tendre* de Jean Faitoux, « À Jean-François de Protais
avec mon immense admiration »... Il feuilleta
quelques pages et se lança.

— *Heureux les hommes qui ont la chance — et le
malheur — de perdre tôt leur parent maternel. Ils ont
ainsi, sans en prendre conscience immédiatement,
une singulière avance. L'orphelin de mère bénéficie
d'un excès de virilité qui effarouche certaines
femmes et en attire d'autres, il va sans dire que je
préférais les secondes...*
Les applaudissements et les rires saluèrent son
intervention. *L'Âme tendre* fut la proie des flammes,
puis ce fut au tour de Charles Aubrigné, qui était le
dernier membre de la compagnie à avoir été élu, de
sacrifier au rite. Sa main se referma sur un petit
volume de couleur crème.

— *Le Démon de minuit* de Freddy Merdeley...
pardon, Moerdeley... Un compte d'auteur... Je ne
vois pas de dédicace...

Il ferma les yeux pour tourner les pages et attaqua le début de la page médiane.

— *Je me permets d'approuver, dit-il, la justesse confondante de votre remarque, mais je persévère à penser que les profanes ne se rendent pas assez aisément compte de cela, je dirais même (et l'on sentit poindre dans sa voix un soupçon d'agacement) que le crime — je parle non du crime en général, mais du Crime en majuscule si vous permettez — trouve son absolue justification dans le mythe du Diable boiteux...*

Jean-François de Protais s'esclaffa.

— Il mérite vraiment que son nom débute par le mot définitif de Cambronne! C'est vraiment du ou plutôt de la Moerdeley!

Et c'est en se tournant vers Gabriel Tasson-Vasseur pour jouir de son approbation qu'il remarqua l'air hébété que lui conféraient ses yeux fixes, sa mâchoire pendante.

— Qu'avez-vous, cher ami?

L'académicien fit un effort sur lui-même pour se ressaisir et tendit la main vers Aubrigné.

— Rien... Rien... Vous pouvez me passer ce *Démon de minuit*, j'ai bien envie d'y jeter un coup d'œil.

Son regard accrocha l'ouverture de l'épilogue.

Le ministre fit passer le procureur du roi dans son cabinet et lui montra une chaise.

« *Sans doute ce parallèle entre votre pouvoir, tout à fait officiel, et celui de notre société, rigoureusement clandestin, peut vous choquer au premier abord. Je le conçois. Mais outre que nous nous réclamons...* »

Jean-François de Protais l'observa un instant.

— Alors, votre verdict ?

Gabriel Tasson-Vasseur se leva, s'approcha de la cheminée et, la rage au cœur, jeta ses *Parures d'automne* au milieu des flammes.

Mobile homme

23 septembre 1992

Cela fait maintenant trois jours que nous nous baladons dans la région de Carcassonne. Ceux des bureaux se sont affolés pour rien. On nous disait, avant de partir, qu'il y aurait un boulot monstre, mais quand on est arrivés, c'était plutôt la morne plaine. Le patron s'en est aperçu immédiatement : il a rassemblé toute l'équipe pour mettre les choses à plat. D'après lui c'était le coup classique du député en mal de publicité qui fait pression sur le préfet pour qu'il se passe, enfin, quelque chose dans sa circonscription. En gros les types à écharpes tricolores se servaient de nous comme de figurants, et si on faisait bien notre travail l'édile avait toutes les chances de passer sur France 3 région... Il nous a donc demandé de faire comme si on servait à quelque chose, et on s'est réparti les tâches.

Je n'ai pas à me plaindre, je ne suis pas tombé sur le plus mauvais morceau. J'ai fait tous les commer-

çants de la rue piétonne, un à un, en compagnie
de Jean-Pierre. On lèche la vitrine pendant un bon
quart d'heure, on entre pour serrer les louches qui
se tendent puis on sort et on passe à la suivante. Il y
en a qui nous donnent des bricoles : un pain au
chocolat, une pochette pour mettre les cartes de
crédit, des bonbons pour la toux. Il ne faut pas se
plaindre, ils sont sympa pour la plupart. On s'est
juste fait jeter de la librairie de la Cité. Pas vraiment
jeter, mais presque. Ma main et celle de Jean-Pierre
sont restées dans le vide... J'ai demandé au gars, derrière le comptoir, si c'était lui le patron et il s'est
contenté de lever les yeux au ciel pour désigner les
étages. On est repartis et au passage j'ai piqué un
bouquin sur un présentoir qui se trouvait en dehors
de la zone sous surveillance électronique. Au hasard.
Jean-Pierre m'a vu faire, il était mort de trouille.
Pourtant c'est un costaud, c'est même le plus costaud
de nous tous. Son problème à lui, c'est la religion.
Où qu'on soit, le truc qu'il fait en premier c'est
d'aller dire un mot à la Vierge du patelin. Je l'ai suivi
deux trois fois, en me disant qu'en fait de Vierge il
allait voir les putes, j'en ai été pour mes frais ! Il entre
dans l'église, se rince au bénitier, s'agenouille, puis
il achète un cierge, l'allume et va prier, face à la
Vierge. On se retrouve assez souvent ensemble tous
les deux, et c'est rare qu'il me branche sur le sujet
religieux. Il a essayé au début, et il s'est rendu

compte que c'était pas mon truc. On parle d'autre chose, c'est-à-dire qu'en fin de compte on parle de rien.

8 octobre 1992

On est en Bretagne maintenant. J'ai pas eu le temps de repasser par la maison. Frédérique me fait la gueule comme si c'était moi qui décidais ! J'ai une piaule pour moi tout seul, dans un gîte de vacances trois épis. Je peux me faire ma croûte, et ça me repose l'estomac. Les restos, ça va un temps. Il y a un tout petit peu plus de boulot que dans l'Aude, mais il me reste pas mal de temps libre. Il y avait au moins dix ans que je n'avais pas lu un livre en entier. Gosse, j'en avalais par dizaines chaque mois, je me suis même tapé le *Monte-Cristo* en trois volumes qu'on m'avait offert pour Noël ! Mes parents n'en revenaient pas ; mille cinq cents pages dans la semaine. Ils me disaient que j'allais m'abîmer les yeux à force de lire... J'ai répondu à ma mère qu'elle ne s'usait pas la langue à force de parler ! Ils se sont marrés, sauf qu'au fond de ma tête je pensais qu'on ne s'usait pas la queue à force de baiser, mais ça, je pouvais pas leur dire. J'en ai dévoré des milliers d'autres, de pages, et ça s'est perdu avec le boulot, avec l'armée et encore le boulot par-derrière. Sans compter la femme, les gosses et tout le temps qu'on passait, tous, en famille. Puis, comme les copains je me suis mis à bouquiner des illustrés, des revues. Pour être franc, c'était surtout des trucs de cul. Même Jean-Pierre en lisait, pendant les voyages, et ce qu'il préférait c'était surtout les magazines « gros seins ». Dans un coin de ma tête j'ai fait le rapprochement avec la Vierge à l'enfant qu'il allait mater dans les églises, et le cierge aussi, toujours le plus gros. Je ne suis pas assez calé en psychologie pour dire vraiment qu'il y a un rapport.

Le livre, c'est celui que j'avais piqué à la librairie de la Cité, à Carcassonne. Je me suis forcé à le lire comme si ça pouvait racheter ma faute. Ça n'a rien effacé du tout pour la bonne raison que l'histoire m'a plu de bout en bout. J'ai pris du plaisir à le chaparder, et j'en ai repris à plonger dedans ! En fait d'histoires, il y en a plus de mille : c'est un type, Félix Fénéon, qui a résumé les faits divers de son époque en trois lignes. Il y a le bled, le nom des types et ce qu'il leur est arrivé... C'est tout con, mais ça marche à tous les coups... Je me souviens d'une :

M. Abel Bonnard, de Villeneuve-Saint-Georges, qui jouait au billard, s'est crevé l'œil gauche en tombant sur sa queue.

Et d'une autre encore :

À Trianon, un visiteur s'est dévêtu et s'est couché dans le lit impérial. On conteste qu'il soit, comme il le dit, Napoléon IV.

25 décembre 1992

Édith Piaf haïssait les dimanches. Moi, j'y ajoute les réveillons. Je me suis toujours arrangé, eu égard aux enfants, pour venir les passer en famille. J'ai des souvenirs de bonheur intégral. Par exemple quand on les réveillait, sur le coup de minuit, et qu'ils arrivaient, les yeux embués de sommeil, traînant leur poupée, leur ours par une main, un bras, et qu'ils se plantaient, bouche ouverte devant le sapin illuminé... Je revois Sylvain déchirant le papier bariolé et découvrant son circuit de voitures folles, ou Sandrine serrant sur son cœur le bébé hamster que le Père Noël lui avait apporté... J'ai encore sur mes joues la caresse humide de leurs baisers... J'aurais dû utiliser toutes ces interminables heures d'attente à mettre au point une potion arrêtant le vieillissement... Je ne sais pas ce qu'on leur raconte sur moi, mais je ne les reconnais plus. Ils se foutent que je leur ouvre mon cœur, tout ce qui les intéresse c'est que je leur ouvre mon portefeuille. Dans *La Ruée vers l'or*, Charlot, affamé, a des hallucinations. Dans sa tête, son compagnon se transforme en un énorme poulet rôti. J'ai l'impression que mes mômes me voient transformé en cochonnet-tirelire. Sylvain a fait la gueule en comptant les billets que j'avais glissés dans une enveloppe à son nom. Cinq billets de cent francs. Il a fait semblant d'en chercher d'autres, dans le papier... Je lui ai demandé

s'il était content. Il a haussé les épaules en soupirant.
J'ai serré les mâchoires et je me suis retourné vers
Sandrine qui ouvrait le paquet que j'avais fait faire à
Lyon, lors du déplacement de la semaine précédente.
Elle a déplié le pull, cherché l'étiquette. « C'est quoi
comme marque Cynthia-Pull ? » Je lui ai répondu que
c'était une belle boutique, près de la gare Perrache...
Elle a levé les yeux au ciel en me disant que je n'y
connaissais rien, que j'aurais au moins pu lui offrir du
Benetton, du Blanc-Bleu, du Célio, si j'étais trop
radin pour acheter du Lacoste.

Je suis allé me coucher après la revue du Lido, sur
la deux, présentée par Ardisson. Frédérique ne dormait pas. Je me suis collé contre elle et je lui ai mor-
dillé l'oreille. Elle a remonté son épaule pour m'obli-
ger à lâcher prise. J'avais les seins des filles devant
les yeux et dans les couilles. J'ai essayé de soulever
sa chemise de nuit pour découvrir ses cuisses. Elle a
tiré sèchement le tissu vers le bas. Trois jours qu'elle
me laissait congestionné sur le bord du lit, le drap en
toile de tente. Je l'ai embrassée dans le cou. « C'est
Noël, chérie... Laisse-moi mettre le petit Jésus dans
la crèche... » Elle a fini par se laisser faire. J'étais
même pas entré que tout est parti d'un coup, du fait
d'avoir été trop longtemps contenu. Elle s'est conten-
tée de dire « Bravo » et elle s'est levée pour aller se
laver. Quand elle est revenue se coucher, j'étais prêt
à repartir mais elle n'a rien voulu entendre.

2 mars 1993

On est retourné en Bretagne pendant presque trois semaines. Dans le Morbihan cette fois, entre Vannes et Lorient. Il a plu tous les jours, sans interruption, et comme il a fallu rester dehors une bonne partie de toutes ces journées, j'ai chopé une grippe carabinée qui m'est descendue sur les bronches. Quand je toussais, ça me ramonait toute la tuyauterie. Le matin, au petit déjeuner, je crachais des morceaux gros comme des steaks. Ils ont fini par m'envoyer chez le toubib qui m'a fait admettre à l'hosto pour un début de pleurésie. Résultat, tous les copains sont partis pour Toulouse, et je suis resté comme un con dans une chambre collective en compagnie de trois vieux Bretons en bout de course dont le seul avenir avait la forme d'une caisse de sapin. On passait le temps à regarder la mer, sous la véranda du jardin d'hiver. Je ne leur ai pas dit ce que j'étais venu faire dans leur patelin. Il y avait un marin et deux ouvriers des chantiers navals de Lanester. Le marin connaissait les noms de tous les bateaux qui croisaient au large, et les ouvriers n'arrêtaient pas de s'engueuler à propos du chantier d'où était sorti le bâtiment. Si l'un disait « Gijón » l'autre affirmait que c'était « Saint-Nazaire », ou alors c'était « Gênes » contre « La Ciotat ».

12 mars 1993

Je n'y tenais pas plus que ça, mais le toubib m'a accordé une dizaine de jours de convalescence à la maison. Frédérique a décrété que ce que j'avais aux poumons pouvait s'attraper. J'ai eu beau lui montrer les papiers de l'hosto, rien n'y a fait, elle m'a installé un lit dans ce qui devait être la chambre d'amis et où, en fait, elle empilait toutes les vieilles fringues des gosses depuis leur naissance. Les cartons étaient stockés contre le mur, année par année, avec une mention au feutre : « Sylvain, costume de communiant, mai 1987 », « Sandrine, tenue de ski, 1989-90 ». Si ça n'avait tenu qu'à moi, j'aurais tout fourgué au dépôt-vente de la route de Loignon, mais elle prétendait que ça lui faisait des souvenirs. Je n'avais pas le droit de sortir et je lui ai demandé de me trouver d'autres livres du gars qui avait écrit les faits divers en trois lignes. Elle a prétendu qu'il n'avait jamais rien fait d'autre, et a jeté *Le Parisien* du jour sur ma couverture puisque, a-t-elle dit, je n'étais bon à m'intéresser qu'à ce qui allait mal dans le monde ! Sylvain n'est venu me voir qu'une fois. Le piston de sa 125 donnait des signes d'essoufflement. Quand j'ai émis l'idée qu'il ménage son moteur jusqu'au versement de ma prime de printemps, il a poussé les hauts cris ! Selon lui, je ne semblais pas m'imaginer le drame que représenterait une panne le privant de sa moto et donc d'un, voire deux jours de cours, quelques semaines seulement avant le bac ! Je lui ai filé ses deux cents francs pour qu'il débarrasse le plancher. Quand il a tourné le dos, j'ai eu envie de lui rappeler que c'était mon anniversaire. Je me suis retenu en me disant que ça l'aurait sûrement fait rire. Ce soir Frédérique a varié l'ordinaire, j'ai eu droit à un quart de bordeaux, des bouteilles que pique son frère qui travaille dans les wagons-lits et qu'il nous offre lorsqu'il vient manger à la maison. J'ai cru y voir un signe, et j'ai glissé ma main sous sa jupe quand elle est venue reprendre le plateau. Elle a été tellement surprise qu'elle a fait un écart et m'a renversé le reste de soupe, de purée et de sauce de rôti sur le haut du pyjama. Il a fallu tout changer, les draps, la taie d'oreiller, le dessus-de-lit, et je me suis endormi au petit matin avec mon cigare roulé sur l'oreille, comme d'habitude...

25 avril 1993

Je n'aime pas Marseille. Je ne comprends pas comment ils fonctionnent, j'ai toujours l'impression de me faire rouler, sur ce que j'achète, sur les rencontres, sur les sentiments. La première semaine ils nous ont promenés dans les cités des quartiers nord. Le plus dur c'était le ghetto des gitans. Maintenant ils voyagent immobiles : la came fait voler les caravanes à travers l'espace. Il y en a bien la moitié, parmi les jeunes, qui se trouent les veines pour

s'injecter du carburant à rêves. Après nous sommes
retournés dans le centre-ville. Les gens nous regar-
dent comme des bêtes curieuses. Tout juste s'ils ne
nous jettent pas des bananes. Jean-Pierre n'est pas de
mon avis. On partage la même chambre dans un
hôtel de Belzunce. La ville le passionne et il passe
ses matinées à Notre-Dame-de-la-Garde, pour se
faire pardonner ses virées nocturnes. Je l'entends
quand il rentre, sur le coup de deux heures, le matin.
Je lui ai posé des questions, plusieurs fois. Il ne
répond pas ou alors il prétend qu'il est allé se payer
une toile. Si je lui demande le titre il bafouille et
cite un film dont je ne retrouve jamais l'annonce sur
Le Provençal ou sur *Le Méridional*.

26 avril 1993

Tout à l'heure j'ai fait semblant de me coucher,
après le film à la télé. Un western colorisé. En vérité
je suis resté tout habillé sous les draps. Jean-Pierre est
sorti de la salle de bains et m'a tapoté la tête, au passage. Il a dit qu'il allait faire un tour, pour digérer. Dès
qu'il a fermé la porte j'ai sauté dans mes chaussures
et je l'ai suivi. Il a rejoint la Canebière, s'est arrêté
pour boire une bière au bar du *Venturini* avant de
grimper vers le quartier du Panier. Je me suis fait
accrocher par les mêmes putes africaines qui l'accrochaient. À un moment il est resté à se frotter contre
une petite beurette, et j'ai bien cru qu'il allait se la

faire sur le capot d'une Porsche garée dans l'ombre.
Elle a fini par le lâcher, et il a bifurqué dans une petite
rue pavée qui redescendait vers le port. La môme a
laissé traîner sa main quand je l'ai dépassée. Elle
ressemblait à Adjani jeune. Ses yeux parlaient pour
son cul, et j'ai failli abandonner Jean-Pierre à son sort.
J'ai serré les poings, au fond de mes poches, pour ne
pas succomber. Je me suis mis à courir. Jean-Pierre
discutait avec un type qui gardait l'entrée d'une boîte
discrète. La porte s'est ouverte sur un flot de musique
techno. Il a disparu à l'intérieur. Je me suis approché
à mon tour. Le vigile, un Pakistanais large comme un
camion, m'a demandé ma carte de membre. Je lui ai
dit que j'étais pote avec Jean-Pierre, et comme ça
n'avait pas l'air de suffire, j'ai allongé un billet de dix
sacs. Le D.J. venait de balancer le *Cargo* d'Axel
Bauer dans la sono quand j'ai mis le pied dans la première salle, et j'ai tout de suite su où j'étais tombé.
Malgré la lumière parcimonieuse, il était clair qu'il
n'y avait que des mecs. Du casquette-moustache,
du cuir moulant, de l'éphèbe duveteux, du gras libi-
dineux, de la tante à perlouse, du brun ténébreux, du
routier sympa, du poète évanescent, du tortionnaire
heavy-metal... J'ai voulu reculer, rejoindre la porte.
Un groupe de danseurs m'a aspiré vers le fond du bar.
Deux types se suçaient les lèvres sous une photo
de Marlon Brando. Les bruits humides de langues, de
frottement de tissus m'ont plombé le ventre. J'ai tiré

un rideau sombre qui dissimulait un escalier dont les marches étaient éclairées par une multitude de minuscules ampoules clignotantes. J'ai gravi les degrés et longé un couloir dans lequel on avait aménagé des niches qui toutes abritaient un couple en action. Je m'apprêtais à faire demi-tour quand une main s'est posée sur ma cuisse pour remonter lentement et se fixer sur mon entrejambe. J'ai essayé de protester mais le type, avec une extrême dextérité, avait déjà fait glisser la fermeture Éclair de mon jean et s'était agenouillé pour me prendre dans sa bouche. Quand il m'a jugé assez ferme, il s'est relevé et m'a présenté son dos après m'avoir malaxé de curieuse manière. J'ai porté ma main à ma queue pour m'apercevoir qu'elle était habillée de latex. Je me suis décapoté, sans qu'il s'en aperçoive, et l'ai pénétré en criant le prénom de ma femme. Il ne s'est rendu compte de ce que j'avais fait qu'au premier spasme, et a tenté de se désaccoupler. Je l'ai maintenu fermement contre moi, le temps d'éjaculer, puis je me suis laissé tomber sur une banquette. Le type est venu me rejoindre et m'a saisi par le col en m'engueulant. Je l'ai laissé faire : je méritais ses crachats.

8 septembre 1994

Le divorce a été prononcé. J'ai accepté de prendre tous les torts, même si j'avais les preuves que Frédérique me faisait cocu depuis des années avec le professeur de piano de Sandrine. J'ai le droit de voir les enfants deux week-ends par trimestre, jusqu'à leur majorité. Sylvain aura dix-huit ans dans moins de six mois, et Sandrine l'année prochaine. Après ils feront ce que bon leur semble. Moi, je ne demande rien.

L'année dernière il n'y avait aucune trace quand j'ai passé l'examen de la médecine du travail. Je me suis dit que si j'étais passé au travers une fois, ça pouvait recommencer. Pour être tout à fait franc, je m'en foutais complètement, et ça ne m'a pratiquement rien fait d'apprendre que cette fois les résultats étaient positifs. La seule chose que ça a changée, c'est que maintenant je mets des capotes, pour ne pas le transmettre.

12 décembre 1994

Il n'y a rien de plus faible, rien de plus con qu'un humain. Hier soir j'ai été pris d'un sérieux coup de blues. Nous venions d'arriver à Clermont-Ferrand. Ça s'agitait sérieusement dans les usines Michelin à cause d'un plan de restructuration. J'ai passé la journée entière à discuter de choses et d'autres avec le type qui fait équipe avec moi, depuis que Jean-Pierre a été muté en fixe dans sa région d'origine. Un mot en a entraîné un autre, et quand je me suis rendu compte que je lui racontais ma vie par le menu, il était déjà trop tard. Il a fait un bond en arrière quand le mot « séropo » a passé mes lèvres.

Une heure plus tard, tous les collègues étaient au courant. Le chef, pour les rassurer, leur a dit qu'il prendrait une décision dès que le boulot serait terminé, et qu'en attendant je devais rester à l'écart. Ils ont vérifié les attaches de leurs chaussures, mis leur blouson molletonné, ajusté le casque sur leur tête, pris les matraques et les fusils lance-grenades, puis ils se sont mis en position le long de la place sur laquelle les grévistes de Michelin commençaient à se rassembler.

Moi, je suis resté seul, au fond du car bleu nuit de la CRS 54, engoncé dans mon gilet pare-balles.

La psychanalyse
du Frigidaire

Boris ne prit même pas le temps de poser l'un de ses sacs : il libéra son pouce gauche et pressa le bouton de la télécommande à travers la fine toile de sa veste d'été. Il se tourna vers Christine qui venait de s'immobiliser devant les derniers stands du marché de Capendu.

— Mais qu'est-ce que tu fous ! Tu as vu l'heure ? Viens m'ouvrir le coffre...

Elle reposa le bibelot sur le velours rouge de l'étal, puis elle contourna les alignements de voitures pour rejoindre son mari.

Ils gagnèrent Lagrasse par Lézignan-Corbières. Boris ne se risquait jamais sur les petites routes de campagne. Il préférait filer sur les grands axes, quitte à doubler le kilométrage du moindre de ses déplacements. À la patte d'oie de Fabrezan, alors qu'il s'apprêtait à longer le cours de l'Orbieu, une carcasse sanguinolente placée au milieu de la chaussée l'obligea à donner un violent coup de volant. Il freina,

évita l'obstacle de justesse, mais les roues vinrent
patiner, en fin de course, sur un amoncellement de
cervelles et de viscères. Christine se recroquevilla
dans son siège quand il posa la main sur la poignée
de la portière.

— N'y va pas... J'ai peur...

Boris haussa les épaules et allongea la jambe jusqu'au talus pour ne pas patauger dans le jus agité
par les insectes. Des cris l'alertèrent qui semblaient
provenir de la rivière. Il progressa parmi les terrines
explosées, les pâtés éventrés, les jambons, les
rumstecks, les chapelets de saucisses, dans l'odeur
entêtante du bœuf au corbières, pour découvrir le
camion-boutique du boucher de Lagrasse planté le
nez dans les eaux basses. La large porte latérale
qui servait d'étal s'était ouverte sous le choc, libérant
la marchandise. La cabine s'était fichée entre deux
arbres qui interdisaient au commerçant de sortir, et
il tambourinait contre la vitre en hurlant des jurons
que personne avant lui n'avait osé formuler dans
le pli secret de ses pensées. Boris tenta de faire
plier le jeune bois, en vain, et il se résigna à prélever
une lourde pierre polie, au creux du lit de l'Orbieu,
pour la jeter des deux mains contre le pare-brise
du fourgon. Jean-Claude Gibert, dont le nom calli-
graphié courait sur la tôle, se fraya un chemin dans
le verre concassé. Il ajusta ses lunettes puis s'immobilisa, les pieds dans l'eau, les mains sur les hanches,

contemplant le désastre. Boris ramassa un long couteau dont le fil capta le soleil de midi.

— Qu'est-ce qu'il s'est passé ? Vous avez loupé le virage ?

Jean-Claude Gibert réprima une grimace.

— Ça fait trente ans que je suis sur la route ! Trente ans ! Je sillonne le département les yeux fermés... Je n'ai rien loupé du tout, je me suis fait avoir comme un con ! Comme un con, il n'y a pas d'autre mot !

— Vous vous êtes fait avoir par qui ?

— Par personne, c'est ça le pire ! Je venais de passer le carrefour et j'accélérais pour profiter de la descente quand un lapin s'est mis à traverser à ça des roues...

Il écarta le pouce et l'index d'une dizaine de centimètres avant de répéter « à ça ».

— Je ne sais pas ce qui m'a pris, j'ai braqué pour l'éviter, et je me suis retrouvé là, dans l'Orbieu !

Boris l'examina des pieds à la tête, s'attardant sur les taches sombres maculant le tablier blanc.

— Un lapin...

— Oui, un lapin ! Tout ça pour un lapin... Il faut vraiment être con, quand on est boucher !

Ils débarrassèrent la route des éclats de porc et de bœuf puis Jean-Claude Gibert prit place à l'arrière de la Mercedes. Ils le déposèrent place de l'Ancoule, devant la maison mère, avant de se diriger vers les hauteurs des Potances. Jusque-là Boris ne jurait que par les vacances en club, et c'est pourtant lui qui avait voulu passer une quinzaine de jours dans ce village retiré, cerné par les vignobles. Il lui fallait du calme, car les derniers mois avaient été épuisants. Il avait dû se battre pied à pied, nerf à nerf, contre les promoteurs d'un plan de restructuration qui n'étaient pas convaincus de la nécessité de maintenir l'existence du service qu'il dirigeait chez Copévie. Christine avait fait semblant d'être réticente quand il avait évoqué l'Aude, mais en vérité cela faisait maintenant plusieurs années qu'elle rêvait de solitude. Boris vint se garer sous l'auvent, en marche arrière. Il repoussa du pied le robot-aspirateur chargé de maintenir la pureté de l'eau de la piscine et qui se bloquait derrière l'échelle en inox. Christine convoyait déjà vers la cuisine les sacs emplis au marché de Capendu. Elle ouvrait la porte du réfrigérateur quand Boris fit irruption dans la pièce.

— Je t'ai déjà dit de ne pas t'occuper de ça !

Elle se retourna, excédée, la barquette plastique de « Président » en suspens.

— Mais, Boris, je peux quand même ranger le beurre...

— On ne va pas recommencer... C'est chaque fois n'importe quoi, avec toi... Tu organises le frigo de la même manière que ton sac à main... Il te

faut toujours une heure pour retrouver ton porte-
monnaie !

Christine jeta la boîte ovale sur la table et claqua
la porte du Frigidaire. Elle sortit sans un mot, se
débarrassa de ses vêtements en plein soleil, et
plongea nue dans la surface bleutée. Boris prit un
stylo-feutre dans le tiroir aux bouchons et marqua
d'une croix les œufs du marché précédent avant de
placer les frais pondus dans les alvéoles. Il fit de
même pour les tomates et les fruits dont il exigeait
qu'ils soient pelés avant d'être servis à table. La
viande emballée dans un film alimentaire puis pro-
tégée par une feuille d'aluminium occupait l'étage
intermédiaire du meuble : le bœuf à gauche, puis
le veau, l'agneau et le porc. Le poisson, vidé, était
immergé dans une terrine de grès emplie d'huile. Les
laitages reposaient sur l'étagère supérieure dans un
ordre également immuable : les fromages frais, les
yogourts et petits-suisses d'un côté, les crèmes et
préparations aromatisées de l'autre. Les fromages
faits se trouvaient emprisonnés, corps et âme, dans
un Tupperware glissé dans le bac à légumes. Les
bouteilles alignées possédaient toutes un système
de fermeture hermétique breveté qui interdisait
l'évasion de la moindre vitamine. Boris bascula la
trappe du freezer et renversa l'un des bacs au-
dessus de l'évier : il ne supportait pas le goût de
plastique que prenaient, selon lui, les glaçons de

plus de deux jours. Il referma le frigo et attendit quelques minutes, la main sur la poignée, avant de le rouvrir à moitié pour promener son nez sur la face impeccable des vivres. Son front se plissa devant les côtes d'agneau. Il allongea la main vers le paquet recouvert d'aluminium, et un filet de sang rosé macula l'étagère. Boris le fit disparaître d'un revers d'essuie-tout puis il pinça le film métallisé pour en assurer l'étanchéité.

Vers trois heures, Christine manifesta l'envie de fouler les pierres cathares. Comme de coutume Boris refusa de lui donner les clefs de la Mercedes, et il traîna les pieds pendant un tour d'horloge avant de se décider à la déposer à Barbaira sur l'une des hauteurs des monts d'Alaric.

— Je te reprends à quelle heure ?

Christine se baissa.

— Je ne sais pas... Entre six et sept... Ça te va ?

Pour toute réponse Boris remonta la vitre, et son visage disparut derrière le verre fumé. Christine avait décidé de suivre la progression de la croisade contre les albigeois, depuis la prise de Barbaira par Simon de Montfort jusqu'à la reddition du château de Queribus. Boris profitait de ces moments arrachés aux ruines pour venir faire halte dans une autre maison de vacances située à Saint-Polycarpe, à l'orée de la forêt de Castillou.

Mais ce jour-là il trouva porte close.

Quand il revint, Christine n'était pas seule. Elle était accompagnée de vieux amis, Damien et Prisca. Boris tomba dans les bras de Damien.

— C'est incroyable ! Il faut venir ici pour se rencontrer ! Ça fait combien de temps ?

Damien posa ses mains sur les épaules de Boris.

— Pas loin de quinze ans... Tu as l'air en forme... Tu n'as pas beaucoup changé...

Boris le remercia d'un large sourire.

— Toi non plus.

Puis il serra Prisca contre lui.

— Qu'est-ce que vous faites dans la région ?

Prisca éclata de rire.

— On est en vacances, comme tout le monde !

Christine observait le couple.

— On m'avait dit que vous aviez divorcé...

Prisca bafouilla.

— Non... Enfin oui... Nous menons notre vie, chacun de son côté, mais ça ne nous empêche pas de nous croiser de temps à autre...

Damien l'interrompit.

— Je passais dans le coin... On n'efface pas aussi facilement près de dix ans de vie commune...

Ils continuèrent à refaire connaissance devant un verre, sur la place du village, et c'est Prisca qui avança l'idée la première.

— Ce serait sympa de se retrouver un soir ensemble, comme avant, non ? On a plein de choses à se raconter...

Christine approuva, les yeux brillants.

— Oui, ce serait vraiment formidable... Il y a un petit restaurant sur un piton rocheux, au-dessus des gorges de l'Orbieu, il paraît qu'on y mange très bien.

Prisca fit la moue et fixa Boris dans les yeux.

— On se sentirait plus à l'aise à la maison...

La Mercedes passa au ralenti sous l'arche du porche et vint se garer devant le massif de lauriers-roses.

Damien les attendait au milieu du patio, un verre à la main. Christine se fit éconduire lorsqu'elle tenta de venir en aide à Prisca qui insérait de fines lamelles de gruyère entre les tranches crues d'un rôti de veau prédécoupé, et elle rejoignit les deux hommes qui bavardaient en observant la dérive du soleil au-dessus des Corbières. Damien travaillait maintenant pour le compte d'une agence de publicité et mettait sa sensibilité de peintre au service des fabricants de lessive, de yaourts et de tampons périodiques. Juste avant de partir en vacances, son chef de projet lui avait demandé de trouver une phrase de signature pour une ville en quête d'identité, dans le genre « Amiens, la Venise du Nord » ou « Montpellier la surdouée ». Prisca servait son rôti tandis que Boris colorait les verres d'un solide rouge de Saint-Jean-de-Barrou. Il suspendit son geste.

— Et c'était quoi, ta ville ?

— Blanc-Mesnil, en Seine-Saint-Denis.

— Blanc-Mesnil ! Jamais entendu parler... Qu'est-ce qu'on peut trouver là-dessus ? Ils font quoi dans ce bled ?

— Tout et rien... C'est ça le problème.

— Et qu'est-ce que tu leur as proposé ?

Damien humecta ses lèvres de vin de Durban.

— Blanc-Mesnil, c'est Blanc Mais Nul !

Ils éclatèrent de rire. Christine se leva et prit la carafe d'eau dont le niveau était au plus bas. Prisca voulut s'y opposer mais son amie retrouvée s'éloignait déjà vers la cuisine.

— Je rapporte autre chose ?

— Pas pour le moment... Il y a tout ce qu'il faut.

Christine fit couler l'eau jusqu'à ce qu'elle devienne fraîche, et ouvrit le Frigidaire. Elle tendit le bras vers le freezer pour prendre la barquette de glaçons mais son geste se figea. Elle recula en chancelant et porta ses mains à sa bouche pour étouffer le cri qui naissait au fond de sa gorge. Elle se laissa tomber sur un tabouret et demeura là de longues minutes, incapable du moindre geste. L'écho des voix et des rires s'imposa peu à peu à sa conscience. On l'appelait. Elle se releva et c'est en passant près

du meuble bas sur lequel était posée la planche à
découper qu'elle vit le large couteau dont Prisca
s'était servie pour préparer le rôti de veau Orloff.
Son poing se referma sur le manche sombre. Elle
marcha jusqu'au patio, à la manière d'un somnam-
bule. Les bruits du monde lui parvenaient déformés,
métalliques, comme du fond d'une piscine. Boris lui
tournait le dos. Il se retourna, soudain alerté par le
changement d'attitude de Damien et Prisca, leurs
yeux écarquillés. Il n'eut même pas le temps d'ouvrir
la bouche : la moitié de la lame fut comme aspirée
par sa carotide.

Dans la cuisine, la porte du Frigidaire était restée
ouverte. Les œufs, dans les alvéoles de la contre-
porte, portaient leur date d'achat inscrite au feutre
noir, de même que les fruits et les légumes. La
viande, emballée dans un film alimentaire puis pro-
tégée par une feuille d'aluminium, occupait l'étage
intermédiaire du meuble : le bœuf à gauche, puis le
veau, l'agneau et le porc. Le poisson, vidé, était
immergé dans une terrine de grès emplie d'huile. Les
laitages reposaient sur l'étage supérieur, dans un
ordre également immuable : les fromages frais, les
yogourts et petits-suisses d'un côté, les crèmes et
préparations aromatisées de l'autre. Les fromages
faits se trouvaient emprisonnés, corps et âme, dans
un Tupperware glissé dans le bac à légumes. Les
bouteilles alignées possédaient toutes un système

de fermeture hermétique breveté qui interdisait l'évasion de la moindre vitamine.

Christine savait qu'un seul homme au monde était assez dingue pour ranger de cette manière le frigo de Prisca, et il gisait salement à cinq mètres de son œuvre adultère, un coutelas dans la glotte.

L'écran crevé

Cela faisait tout juste trois jours que l'équipe d'Audiomat avait installé le mouchard dans l'appartement des Neigeux, à Nieucourt, et déjà plus personne ne levait le regard vers l'œil électronique continuellement braqué sur le canapé familial. Le dispositif fonctionnait grâce à une minuscule pile d'une autonomie de cinq ans dissimulée sous la tapisserie, et les deux fils reliés au téléviseur véhiculaient plusieurs milliers d'informations à la seconde. Ces données se mêlaient aux milliers d'autres issues du panel Audiomat représentatif de la population française, et en temps réel, ce que l'esprit humain avait produit de plus fin, de plus intelligent, permettait de savoir, avec une marge d'erreur approchant du zéro, qu'à dix-huit heures vingt-deux minutes, six millions huit cent vingt-sept mille trois cent trente-quatre personnes se passionnaient pour les amours d'Hélène et les Garçons ; que moins de la moitié étaient branchées sur Studio Gabriel ; et que le programme éducatif de la Cinq rassemblait moins de monde que la mire... Il suffisait au technicien d'appuyer sur une touche pour obtenir la répartition des audiences par sexe, âge, type de coiffure, couleur des yeux, langue maternelle ou tout autre classement commandé par les publicitaires. On savait par exemple que, le mercredi à vingt heures trente-huit minutes, plus des trois quarts des adeptes de la position du missionnaire de plus de soixante-trois ans suivaient le tirage du Loto sur France 2, et que le lendemain, entre midi et une heure, trois pour cent des ménagères de moins de cinquante ans se tripotaient les narines en faisant la tambouille.

L'arrivée des Neigeux dans le panel ne modifia aucune de ces tendances lourdes : trente années de torpeur quotidienne devant le verre bombé leur avaient formaté le cortex ainsi que le néo-cortex. Patrick Sébastien leur tenait lieu de Molière, Jacques Pradel effaçait Hugo, la Roue de la Fortune remplaçait avantageusement le Destin. L'enfance de leurs deux garçons s'était épanouie dans la lumière bleutée des programmes de Dorothée dont ils s'étaient autosevrés en se musclant les phalanges sur les touches de leur Game-boy. Ce fut pourtant le benjamin, Yannick, qui s'aperçut le premier que la télé avait des ratés. Il était occupé, assis par terre, à découper dans *Télé-Loisirs* les couvertures destinées aux cassettes enregistrées au cours de la semaine en regardant, par bribes, le documentaire hospitalier offert par la première chaîne. Une jeune femme qui pleurait, entourée de berceaux vides. Il avait posé la paire de ciseaux pour prendre la zappette. La pleur-nicheuse s'inondait les joues sur les deux canaux du service public, sur la cryptée, la culturelle et même la musicale ! Son pouce hypertrophié écrasa les plots du parabolique. En vain : ça lacrymait également depuis les satellites !

La porte s'ouvrit sur les parents Neigeux embar-rassés de sacs plastique supermarqués. Les provi-sions sous vide s'amoncelèrent sur la table : crous-tises, fido, javel, hygiénax, tampix, purée en tube. Le père redescendit garer la voiture tandis que la mère enfournait les vivres dans le Frigidaire. Son regard erra sur l'écran pendant qu'elle disposait les œufs frais dans les alvéoles de la contre-porte. Elle fronça les sourcils.

— Qu'est-ce qu'elle a à chialer ? C'est pas l'heure des infos...

Yannick haussa les épaules.

— Je sais pas...

— Eh bien, qu'est-ce que tu attends ? Donne-lui un Kleenex ou change de chaîne...

— Ça ne sert à rien, c'est partout la même chose... C'est la troisième fois que ça passe d'affilée...

— Je t'en foutrais des partout la même chose ! Si on a investi dans une Sony Supervision, c'est justement pour ne pas voir les conneries sous-titrées de M. Tout-le-monde !

Elle allongea le bras vers la télécommande et pianota avec la virtuosité d'un concertiste. Le générique de la pleureuse aux berceaux s'afficha pour la quatrième fois consécutive.

— Toi, tu as touché à quelque chose !

— Je te jure que non, maman... Je découpais les jaquettes...

Le père Neigeux, mis au courant dès son retour, pointa le doigt sur l'œil d'Audiomat avant de farfouiller dans le placard à outils.

— Je vais débrancher ce truc. À mon avis, ils se sont embrouillés dans les fils.

Sa femme fit la moue. Ils étaient les seuls, dans le quartier, à avoir été choisis pour faire partie du panel, et le règlement stipulait que la moindre tentative de peser sur l'électronique embarquée était passible d'une radiation à vie. Elle replia l'escabeau sur lequel son mari s'apprêtait à se hisser.

— Je préfère qu'on appelle Darty...

Quand la ligne se libéra après qu'elle eut appuyé une trentaine de fois sur la touche « bis », ce fut pour entendre, en boucle, les notes désaccordées de la *Lettre à Élise*. Elle venait de raccrocher le combiné lorsque la voisine se présenta à sa porte, en tablier.

— Excusez-moi de vous déranger, madame Nei-

geux, mais on a un problème avec la télé... On dirait
que la cassette est rayée...

Elles sortirent sur la dalle de la cité et rejoignirent
les quelques dizaines de personnes qui scrutaient les
antennes sur les toits. La mère Neigeux reconnut
nombre de gens qu'elle croisait dans les allées du
Mammouth de Nieucourt et auxquels elle n'adres-
sait jamais la parole. Le malheur cathodique servit
d'intercesseur. Les hypothèses allaient bon train. Les
plus audacieux désignaient le ciel, les autres se
contentaient de la pointe de la tour Eiffel qui émergeait de la brume carbonique, au loin.

On ne mesura le phénomène qu'en fin de soirée
quand les radios qui avaient pris le relais des boîtes à
images défaillantes annoncèrent que les récepteurs
du monde entier, de New York à Pékin, de Moscou
à Canberra, de Lagos à Santiago, ne captaient qu'un
seul et unique programme, celui de la jeune reni-
flante.

La foule se dispersa vers onze heures, et le père
Neigeux glissa sa cassette fétiche dans la fente du
magnétoscope, celle où on le voyait par deux fois
dans le public du « Juste prix ». Il effleura la touche
« lecture » mais l'écran familial n'en continua pas
moins d'afficher le programme unique mondial.

Le lendemain matin, pour la première fois depuis
la privatisation de la Une, le concierge des
Bouygues fut dispensé de scotcher le score Audio-

mat près des boutons de commande des ascenseurs :
les Huns faisaient jeu égal avec Arte ! Les Neigeux
étaient assis autour de la table du petit-déjeuner,
silencieux, les yeux braqués sur le voyant de veille
de la Sony Supervision. Leurs poumons se gon-
flèrent quand le père écrasa, à s'en faire blanchir la
phalange, l'un des picots de contact. La lumière
vibra, derrière l'écran, puis l'image en formation se
stabilisa. Les larmes de la jeune fille continuaient
de couler !

À treize heures un groupement de radios euro-
péennes organisa une confrontation de médialogues,
d'ingénieurs en télécommunication, de ministres
de l'Information. Trois prix Nobel apportèrent leur
caution à la cellule de crise dont les débats animés
par Jean-Claude Delarue se prolongèrent jusqu'au
soir. Les auditeurs n'en tirèrent qu'une série de trois
certitudes : premièrement, seules les techniques les
plus sophistiquées pouvaient permettre de numé-
riser un programme et le faire flotter à la surface
des ondes hertziennes, des fibres optiques, afin qu'il
s'impose à toute autre proposition. Deuxièmement,
aucune parade n'existait contre ce type de virus.
Troisièmement, la mise en œuvre d'un tel engor-
gement virtuel n'était manifestement à la portée
d'aucun État.

Le monde vécut sa deuxième nuit au rythme des
larmes de la jeune femme entourée de berceaux.

Les Neigeux débranchèrent symboliquement leur poste à la fin de la troisième semaine de programme unique. Le cinéma du quartier avait rouvert ses portes et ils reprirent l'habitude de voir, le dos collé au siège, la tête haute, des géants peupler l'écran. Les télés inutiles traînaient, abandonnées par milliers le long des trottoirs, et quelques chiens circonspects s'aventuraient enfin à leur pisser dessus. Les fils serpentaient dans les caniveaux comme des laisses sans maîtres. Certaines personnes conservaient leur meuble électronique sous un drap, espérant dans le succès d'une équipe antivirale. D'autres en avaient fait leur deuil, et la télé s'était muée en aquarium, en boîte à couture, en cadre à photo de mariage, en bandit manchot, en jardin japonais, en cloche à fromage, en bibliothèque pour livres à dix balles, en cloison mobile, en crachoirs dans les hôpitaux. On s'était aperçu qu'une télé, ça avait autant d'usage qu'une baïonnette. Et en plus, on pouvait s'asseoir dessus !

Six mois plus tard le programme unique mondial était diffusé pour la dix-huit millième fois de suite, et trente millions d'inconditionnels (soit environ un pour cent du cheptel-téléspectateurs de quatre ans et plus) n'en avaient pas encore épuisé toutes les richesses. Les sociologues s'accordaient à dire qu'il s'agissait là d'un « matelas captif incompressible ». Ce fut l'un de ces M.C.I. qui assista à la première

interruption du film de la chialeuse, le jour anniversaire de l'apparition du virus numérisé. Une phrase
s'afficha sur l'écran devenu blanc :

« Infos ce soir à 20 h 30 — La rédaction. »

Les télés remontèrent des caves de Nieucourt,
d'Alexandrie, de Bangkok, de Bornéo, de Ouaga-
dougou. On en creusa même pour l'occasion. Les
halls immensément vides des distributeurs d'électroménager furent transformés en téléclub où se pres-
sèrent tous ceux qui s'étaient honteusement séparés
de leur étrange lucarne. À l'heure dite le documentaire sur la jeune femme aux berceaux s'acheva sans
que, pour la deuxième fois de la journée, il soit suivi
par son générique de début. Le célèbre portrait photo
d'Albert Einstein tirant la langue s'installa à la
manière d'une diapositive et plusieurs voix se succé-
dèrent pour prononcer un même texte dans une
infinité de langues.

*Depuis maintenant un an cette jeune fille pleure
sur les enfants morts qui gisent au fond de ces
berceaux. Ces images d'actualité ont été diffusées
pour la première fois aux États-Unis le 4 janvier
1997. Elles montraient l'horreur de l'invasion du
Pakistan par les troupes du dictateur indien Morarji
Kosambi. Ses soldats n'avaient en effet pas hésité*

à couper l'alimentation des couveuses dans lesquelles survivaient des dizaines d'enfants préma-
turés.

À la suite de ce reportage, le pourcentage d'Américains partisans d'un engagement militaire immédiat de leur pays est passé de 35 % à 77 %, et le
président Gregor H. Benton a pu décréter la mobi-
lisation générale.

À la suite d'une contre-enquête menée par la
section canadienne de l'Association des Savants
Civiquement Responsables, il a été établi que ce
reportage n'était en fait qu'une sorte de reality-show
commandé par les services américains à une société
de production dépendant des fonds secrets. L'inter-
prète principale n'est autre que la petite fille de
l'ambassadeur pakistanais à Washington et l'hôpital
celui, désaffecté, de la ville de Templown (Missouri)
qui fut détruit juste après le tournage.

Nous avons révélé ces faits dans un film qui a
été diffusé dans les principaux pays de la planète
au cours de l'année 1998 par le canal de chaînes
thématiques comme Arte en Europe. À notre grand
étonnement, et à notre profond désespoir, ces diffu-
sions n'ont provoqué aucun mouvement de protesta-
tion contre une manipulation des esprits qui a fait
peser sur le monde le risque d'une guerre nucléaire.
Nous n'avons rien trouvé d'autre comme réponse
que la grimace d'Einstein.

L'Association des Savants Civiquement Responsables.

L'écran scintilla une fraction de seconde, puis la pleureuse reprit sa place.

Pour l'éternité.

Robin des Cités

Cela faisait longtemps que je n'étais pas revenu dans la cité Zacbal (Honoré de. Écrivain français 1799-1850, comme disait la plaque vissée dans le hall, au-dessus des boîtes aux lettres). Bientôt un an... On avait dispersé les familles de la tour à travers la ville, dans des foyers, des hôtels meublés, des cités d'urgence. Mes parents avaient eu un peu plus de chance : la mairie leur avait attribué un petit pavillon adossé au mur de brique d'une usine. Il y avait même un jardin minuscule, et mon père s'était découvert une vocation de cultivateur. Dès qu'il avait un moment, il retournait la terre, enlevait quelques cailloux, arrachait les rares mauvaises herbes. Quand le soleil se montrait, le dimanche, nous invitions la famille, les amis. J'aidais ma mère à sortir la table, les chaises, et nous mangions, encadrés par les plants de tomates et les rosiers grimpants. Chaque minute comptait. Nous savions que c'était un bonheur provisoire : dans trois ou quatre ans, l'autoroute qui grignotait la proche banlieue devait poser une de ses bretelles sur ma chambre.

La cité avait été construite sur le plateau, bien avant ma naissance, et je la voyais par la fenêtre du grenier. Quatre barres disposées en rectangle, et les derniers étages de la tour qui dépassaient, au milieu, un peu comme un donjon. Il fallait dix minutes pour y aller avec le bus, mais j'avais préféré traverser la ville à pied, en passant par les vieux quartiers. Cyril et Rachid m'attendaient devant le tabac-journaux du centre commercial.

— Tu as vu l'heure ? On va être derrière, et on ne verra rien...

J'ai sorti mon invitation, une carte postale représentant la cité avec le nom et la nouvelle adresse de mes parents, au verso. Je l'ai agitée devant le visage de Cyril.

— Tu racontes n'importe quoi ! Nos places sont réservées...

Rachid m'a pris par la manche.

— Il vaut mieux se dépêcher, Robin, on ne sait jamais.

Le terrain de l'ancienne usine Wilcox était recouvert de voitures. Pratiquement que du Paris. C'était rare qu'ils viennent aussi nombreux en temps normal. Les employés communaux avaient disposé des barrières Vauban tout autour de la cité. Des policiers les entrouvraient devant les voitures des officiels. En passant, Rachid reconnut un présentateur du Vingt heures. Il se précipita pour cogner à la vitre de la portière mais le type ne le regarda même pas. Rachid revint vers nous en haussant les épaules.

— Alors, il t'a dit quelque chose ?

— Rien. L'aquarium. C'est comme si j'avais tapé sur mon poste...

Les piétons étaient canalisés par deux rangées de barrières. Des appariteurs contrôlaient les cartons d'invitation avant d'y imprimer un cachet violet pour éviter la resquille. Les anciens habitants de la tour avaient droit aux premières loges, qui consistaient en une sorte de tribune tubulaire assemblée au milieu de l'unique pelouse de la cité Zacbal. Le nom des parents était inscrit sur de petits rectangles de carton punaisés dans le bois des dossiers. Ils étaient presque tous là, les voisins, souriants et inquiets, en habits du dimanche... Cartini, Hocine, Rodriguez, Le Moël, Bonaventure, Bakouche... Après quinze années passées dans la tour je pouvais mettre un étage, un numéro de porte sur chaque visage. Les gens de la télé installaient leurs caméras, déroulaient leurs fils électriques au pied des gradins. Des photographes mitraillaient le bâtiment de trente étages uniformément gris comme s'ils venaient de découvrir une tour Eiffel périphérique. Le martèlement des Tambours du

Bronx résonnait dans les amplis empilés de chaque
côté d'un pupitre hérissé de micros. À quinze heures
pile la musique s'est éteinte. Le maire et le député
se sont placés face à nous, derrière les micros. On a
cessé de discuter quand les gens se sont mis à applaudir la fin des discours. Un ingénieur casqué d'orange
a déposé un boîtier surmonté d'une poignée devant
les officiels. Le maire a inspiré profondément, ses
mains se sont refermées sur les deux extrémités de la
poignée qu'il a enfoncée d'un geste brusque dans le
boîtier. Il ne s'est rien passé pendant une seconde
interminable, puis le béton du rez-de-chaussée s'est
dilaté. Le sommet de la tour est descendu droit, d'un
bon mètre. Le premier étage s'est expansé à son tour
alors que le souffle de la première explosion nous
caressait le visage. C'était curieux, tout allait très
vite, et pourtant c'était comme si les images étaient
déconnectées les unes des autres. Un ralenti en temps
réel... Quand le troisième niveau s'est désintégré à
son tour, la masse du bâtiment s'est mise à glisser
silencieusement dans l'espace. Cela m'a fait penser
à un documentaire sur l'Afrique, l'assassinat d'un
éléphant. Le choc avec la terre a donné naissance à
un épais nuage blanc qui gonflait comme un soufflé.
Les poutrelles d'acier se tordaient, s'étiraient en
émettant des sons stridents. Loin derrière, les gens
que je ne connaissais pas frappaient dans leurs mains
en riant, les photographes à l'affût immortalisaient

la scène... J'ai regardé autour de moi. Les voisins se tenaient droits sur leurs sièges de bois, pétrifiés. Ils avaient soulevé les bras pour applaudir eux aussi, mais la force leur avait manqué.

Le vent dispersait les particules de plâtre sur le quartier. Les bulldozers repoussaient vers la montagne de gravois quelques blocs de béton auxquels adhéraient des lambeaux de papier peint, des posters, du carrelage. Une équipe de télé filmait les Da Silva. Nous nous sommes approchés pour être dans la ligne de mire des caméras. Mme Da Silva parlait avec des larmes dans la voix.

— Ça faisait trente ans que j'habitais là... Au douzième... Mes deux derniers sont nés ici...

La journaliste a tendu le micro devant son mari, Antonio.

— Vous étiez où, avant de venir vous installer dans la tour ?

— Dans une baraque de chantier, au bord du canal...

— Qu'est-ce que ça vous a fait, l'explosion ?

— Il n'y a pas que le béton qui s'est écroulé... Même si la tour était devenue impossible à vivre les derniers temps, elle était pleine de souvenirs... Quand on est arrivé, en 1962, c'était presque le Paradis... De la lumière, du chauffage, une salle de bains... On s'est retrouvé avec plein de Parisiens expulsés de Belleville, des rapatriés d'Algérie, les gens du bidonville des Francs-Moisins...

— Ça ne devait pas être facile...

— Non, mais on repartait tous de zéro, on avait une mentalité de pionniers... Et surtout, dans la région les usines tournaient à plein régime... Ça s'est vraiment détraqué quand le travail a commencé à manquer...

La mairie organisait une réception dans la salle polyvalente, dont les baies vitrées donnaient sur l'effondrement. Rachid est parti en éclaireur avec son invitation. Il est revenu en piquant du nez.

— Ils filtrent sérieux à l'entrée... Il faut être accompagné des parents...

Cyril a sorti une pièce de dix francs de sa poche de jean.

— Je ne sais pas pour vous, mais moi, la poussière m'a donné soif...

Le vendeur de merguez nous a consenti une bonne ristourne, et nous avons eu droit à trois boîtes de Coca pour le prix de deux. Nous les vidions consciencieusement, assis sur les gradins désertés, quand Denis, le plus vieux des frères Rodriguez, s'est approché de nous. C'était une star dans la cité, un magicien du ballon rond. Du club municipal il était passé au Red Star, avant de jouer deux saisons dans l'équipe première du P.S.G. Quand il était sélectionné, toute la cité émigrait au parc des Princes. Une mauvaise blessure au genou l'avait écarté des stades de foot. Il s'était reconverti dans la paella et tenait un restaurant espagnol avec ses frères, *Los Hermanos*, en centre-ville. Il n'y avait pas que les pieds qui fonctionnaient bien chez lui : bac, fac, diplôme de ceci, diplôme de cela... Les parents nous servaient son itinéraire chaque trimestre à l'arrivée du bulletin. L'exemple à suivre...

Il s'est installé à côté de nous. Je lui ai tendu ma canette. Il a bu une gorgée.

— Ça fait drôle, hein ?

On a approuvé d'un mouvement de tête. Nous sentions confusément que pour nous la fin de la tour c'était un peu le début des choses sérieuses. Il a désigné les décombres.

— Vous savez ce qu'il y avait ici avant ?

Cyril s'est essuyé la bouche.

— J'ai vu l'expo, au collège... C'était la zone... Un terrain vague avec des petites baraques de jardin...

— Oui, mais moi je te parle de bien avant ça... Du Moyen Âge...

Rachid s'est mis à rire.

— Comment tu veux qu'on le sache ! Ils n'ont pas laissé de photos...

Denis lui a donné une tape derrière la tête.

— Gros malin... Les livres, ça existe... Tout ce que vous voyez en tournant la tête à trois cent soixante degrés, c'était une immense forêt. Des chênes, des hêtres, des aulnes. Les sous-bois grouillaient de cerfs, de sangliers... Tous les oiseaux de la création faisaient leurs nids dans les branchages. Une seule route la traversait; elle reliait la capitale au reste du royaume. C'est par elle qu'arrivaient les vivres et l'argent des impôts. Il y a environ sept cent cinquante ans, des gens sont venus habiter dans les clairières. Des paysans ruinés, des chômeurs, des malades, des soldats blessés, des proscrits. Ils vivaient de la chasse et de la récolte des fruits, sur les arbres. Une année, l'hiver a été très rude, l'été très sec... La famine s'est abattue sur le royaume. Les habitants de la forêt ont survécu en attaquant les convois de blé, les chariots d'or. Ils distribuaient le surplus aux pauvres, à la manière de Robin des Bois. Le roi a envoyé ses armées à plusieurs reprises pour pacifier la forêt. Quand ses soldats ne se perdaient pas, ils revenaient sans leurs chevaux, leurs armes, leurs bottes... À cette époque les lois n'étaient pas écrites. On jugeait n'importe qui, n'importe quoi, n'importe comment... Un voleur, une femme qui perdait son enfant, un déserteur, un astronome, une brebis qui avait donné naissance à un mouton à cinq pattes, un chien enragé, un cochon cannibale... Un prince émit l'idée d'organiser le procès de la forêt, coupable à ses yeux de donner refuge aux brigands. La Cour se réunit toute une

journée et, à l'unanimité, condamna la forêt à mort.
Des milliers de bûcherons mirent la sentence à exécution, et il leur fallut presque un an pour venir à bout
des millions d'arbres qui poussaient là depuis
toujours...

Rachid écrasa sa boîte de Coca dans sa main.

— Et les bandits, qu'est-ce qu'ils sont devenus ?

— Beaucoup ont été arrêtés, jugés et pendus...
Quelques-uns ont réussi à trouver refuge dans
d'autres forêts...

Il allait partir. Je l'ai retenu par la manche.

— Et les pauvres ?

Il a passé sa main dans mes cheveux.

— Les pauvres ? Ils faisaient comme nous, ils
regardaient les bûcherons...

On a marché ensemble jusqu'au centre commercial, puis chacun est parti de son côté avec sa forêt
et sa tour dans la tête.

Le gros lot

La première fois que ça m'est arrivé, c'était sans
nécessité. Les jouets de Noël, à la Samaritaine. Un
garage télécommandé pour mon plus petit, Fabien,
et une console de traduction, miniaturisée, pour la
grande, Élodie. Sur le compte j'avais largement de
quoi les payer, mais je ne sais pas ce qui m'a pris,
j'avais l'autre carnet dans ma poche, avec la carte
d'identité trafiquée, et je les ai sortis, pour voir si ça
marchait... Et en vérité ça marchait encore plus facilement que je ne l'avais imaginé. Pour être tout à fait
franc, il a bien fallu que je les mette dans ma poche,
le carnet et la carte... Ce qui prouve bien que c'est
moins simple qu'on ne croit... On fait des choses
contre soi, comme poussé par une force invisible.

Je ne peux pas dire que ça ne m'avait jamais traversé l'esprit, avant, personne ne peut le dire dans ce
boulot-là... On est tenté, on résiste, puis on se dit
qu'on est bien con de résister... On réfléchit, on pèse
le pour et le contre, et à la fin on pense à autre chose.

Un peu comme les caissiers, dans les banques... En
une journée c'est l'argent de toute une vie qui leur
passe entre les mains. On devient fou à moins. Puis
un jour, sans qu'on sache trop bien d'où ça vient,
on s'imagine avoir trouvé la recette-miracle... C'est
de l'ordre de l'évidence. On se repasse le film dans
la tête, pendant des mois, on comble les failles une
à une, on peaufine le scénario, et on finit par se
convaincre de son propre génie. Je ne peux pas parler pour les autres, mais dans mon cas, à ce stade-là,
il m'a encore fallu une bonne moitié d'année pour
que je me décide à sauter le pas. Je n'ai jamais été
classé dans la catégorie des têtes brûlées, pas plus
que dans celle des dégonflés... Un mec décidé, voilà
ce qu'on dit habituellement de moi. C'est simplement que ça aide à vivre de faire tourner les rêves
dans son crâne. C'est comme des bulles de savon, on
a peur qu'ils explosent à la lumière. C'est le hasard
qui a provoqué le déclic, quand l'un des jeunes appe-
lés qu'ils nous ont mis en soutien est entré dans mon
bureau. Il traînait en se marrant un type par les bra-
celets. Je l'ai interrogé du regard et il a obligé le
quidam à lever la tête. J'ai eu l'impression qu'on me
tendait un miroir. La même gueule, en plus abîmée.
Je me suis ressaisi et j'ai fait semblant d'avoir du mal
à me rendre compte de la ressemblance.

— C'est pourquoi que tu me l'amènes ?

Le troufion a froncé les sourcils et j'en ai profité

pour replonger dans ma paperasse. Je le sentais qui
hésitait.

— Pour rien, commissaire... Vous n'avez pas
remarqué ?

J'ai eu l'air d'insister dans l'examen.

— Qu'est-ce qu'il a fait ?

La casquette verte a encaissé le coup. Il nous regardait l'un après l'autre, de moins en moins sûr de son
coup.

— Je l'ai chopé sur la ligne de Beauvais en train
de dormir avec ses grolles posées sur la banquette...

— C'est pas pour ça que tu lui as passé les
menottes !

— Non, commissaire... Mais comme il était en
infraction, j'ai pu le fouiller jusqu'à la glotte... Et
voilà ce que j'ai trouvé...

Un carnet de chèques et une carte d'identité ont
atterri sur mon bureau, entre les dossiers en cours et
les portraits de mes gosses, dans le cube en plastique.
Le carnet de chèques figurait sur la liste informatique
des formulaires volés. La carte puait le vrai-faux à
dix mètres. Il était clair qu'on en avait lavé une
authentique avant de changer l'identité du possesseur
pour y porter le nom et l'adresse qui figuraient sur le
chéquier. Et c'est en voyant la photo de ce type, une
photo qui aurait pu être ma propre photo, que la petite
ampoule s'est allumée, dix centimètres au-dessus de
ma tête. J'ai demandé au supplétif de me laisser seul

avec son gibier, et je me suis occupé de la procédure.
Je ne me suis permis qu'une petite irrégularité : la
date du procès-verbal. Au lieu du mardi dix-neuf
décembre, j'ai tapé mercredi vingt. Juste avant de le
faire signer, j'ai tendu une cigarette allumée au
cobaye, pour l'amadouer. Il a griffonné le nom de
ses ancêtres sans même prendre la peine de relire.
Dès que la bétaillère est passée pour conduire la
récolte de la journée dans les fermes de Fleury, de
Fresnes et de la Santé, j'ai ressorti le matériel de mon
double fatigué que j'ai glissé dans ma poche. J'ai
remonté la rue de Rivoli dans la foule des Pères Noël
en costume trois-pièces. Je ne suis pas resté longtemps devant les amoncellements de jouets : j'ai posé
le garage télécommandé et la traductrice de poche
devant la vendeuse en lui demandant de me faire deux
paquets-cadeaux. Sa collègue a fait passer son rayon
ultra-violet sur les codes barres.

— Vous payez comment ?
— Par chèque...

Elle m'a dit de ne pas le remplir, que la machine
s'en chargerait. J'ai signé, en imitant le paraphe
porté sur la carte, et je lui ai tendu le chèque coincé
dans la pièce d'identité. Elle a noté des numéros, sur
son registre, jeté un coup d'œil à la photo, m'a fait un
sourire que je lui ai rendu, et je suis sorti de la Samaritaine. La note de mille trois cent vingt-sept francs
avait été payée par la sueur qui collait ma chemise à

mon dos. Si cette première expérience s'est déroulée avec une facilité déconcertante, il n'en reste pas moins qu'une peur diffuse m'a taraudé pendant plusieurs semaines. Je n'ai pas pu m'empêcher de suivre le procès du type amené par l'appelé. Je savais que des affaires de ce genre n'occupent pas un magistrat de correctionnelle plus de trois minutes, mais on a beau savoir, la conscience vous pousse au doute. Il s'est pris six mois fermes. Ni le président ni l'avocat n'ont parlé du chèque tiré sur la Samaritaine, et personne n'a remarqué que la date de son arrestation avait été décalée d'une journée pour couvrir mes achats de Noël.

On prend vite l'habitude de l'impunité.

Je m'autorise une petite douceur chaque fin de mois, rarement davantage. Comme les sosies ne courent pas les rues, j'ai appris à remplacer temporairement la photo du type tombé entre mes mains par l'une des miennes. Je bricole aussi l'empreinte du tampon sec... Les caissières des magasins ne font pas d'histoires, jusqu'à deux mille francs. Sauf dans les quartiers de la périphérie où elles deviennent soupçonneuses à partir de mille balles. Il y a trois mois ça a failli tourner mal au Carrefour de Saint-Denis. La fille exigeait une deuxième pièce d'identité. J'ai agité rapidement ma carte tricolore devant le nez du vigile venu à la rescousse. Il n'a pas eu le temps de lire le nom, la vue du carton lui a suffi. Il a caressé l'épaule de la vendeuse et je suis passé avec mon caddie bourré jusqu'à la gueule.

Demain c'est l'anniversaire de Claudie. J'ai récupéré un carnet de chèques de la banque Gravereau, une petite boîte privée de haute réputation. Les papiers, d'excellente tenue, sont au nom de Bernard Osternach, et je crois que c'est le moment où jamais de tenter un gros coup. Je gare la béhème au premier sous-sol, près de la batterie d'ascenseurs, et je déboule directement devant l'escalier mécanique qui mène au rayon hi-fi. La chaîne compacte dont Claudie me parle depuis trois semaines est exposée au milieu de la pièce et un écriteau en vante toutes les innovations techniques. Le technicien insiste pour me faire une démonstration. Je le décourage en prétendant que j'ai épuisé, la veille, toutes les finesses de l'engin en compagnie d'un de ses collègues. Il remplit ses papiers pour la sortie du magasin, se charge du colis et m'entraîne vers la caisse centrale. J'ai à peine le temps de sortir le chéquier pour m'acquitter des huit mille cinq cents francs du cadeau d'anniversaire de Claudie que trois vigiles se plantent devant moi, leurs sales gueules barrées de sourires identiques. Deux autres types font mouvement dans ma direction. Il y a même un photographe qui s'apprête à me fixer pour l'éternité. Le geste précède l'idée : le 357 magnum est déjà bien calé au creux de ma main... Je fais feu par deux fois. Le photographe s'écroule, le viseur fracassé, l'épaule d'un des vigiles explose devant les alignements de walkman. Et c'est dans l'écho assourdi des détonations que me parvient, fluette, la voix de la caissière :

— Félicitations, monsieur Bernard Osternach, vous êtes le millionième client du magasin...

Puis tout est englouti par les hurlements.

L'image du fils

Après dix années passées dans le pourrissoir préfabriqué de La Courneuve, j'étais prêt à accepter n'importe quelle affectation, et le hasard administratif m'avait fait atterrir à Juvisy. Je ne connaissais pas la ville même si, près de trente ans plus tôt, en juillet 1968, je l'avais traversée à pied, de la Pyramide aux Belles-Fontaines, le pouce penché vers le sud. Les claques d'air des semi-remorques soulevaient mes cheveux que je portais longs. Personne ne s'arrêtait, comme s'il ne fallait plus perdre la moindre seconde pour effacer jusqu'au souvenir du mois de privation d'essence que le pays venait de vivre. J'avais fait une halte dans un routier aujourd'hui disparu, *Les Vingt-Bornes*, à la frontière de Viry-Chatillon. Je m'étais allégé d'une pièce de un franc dans la fente du Scopitone, et un camionneur m'avait offert un café pour me remercier d'avoir choisi *Ma môme* de Jean Ferrat. Il descendait livrer trente tonnes de soude, à Feyzin, cinq cents kilomètres plus bas. Je sautai sur l'occasion, et ne compris pas les sourires goguenards que les routiers attablés nous jetèrent alors que nous rejoignions le bahut garé le long de la nationale 7. Ce n'est que bien plus tard que je réalisai, dans le Morvan, quand la patte velue de mon chauffeur se posa sur ma cuisse. Je répondis à son regard furtif par un sourire crispé. Flairant la bonne affaire, il dirigea le camion vers l'aire de repos de la Colline-Éternelle. J'attendis qu'il incline la tête pour serrer le frein à main. Je lui décochai un violent coup de coude dans la tempe avant de sauter de mon perchoir et filer dans la nature. Je demeurai près d'une heure, planqué dans le sous-bois, le temps qu'il disparaisse au bout du ruban de bitume, les bourses pleines, et lesté de ses trente tonnes d'alcali.

Il est vraisemblable que sans cette pièce de un franc glissée dans le Scopitone du routier des *Vingt-Bornes*, je ne me serais certainement pas rappelé Juvisy, presque trente ans plus tard, au moment de ma mutation. Ce qui tendrait à prouver que les souvenirs ne coûtent pas cher.

Je n'ai jamais raconté cette anecdote aux collègues même si, quelquefois, l'envie de m'épancher m'a étreint le cœur : je connais assez bien les hommes placés sous mes ordres pour savoir que la révélation de la jeunesse soixante-huitarde et beatnik de leur commissaire principal entamerait son autorité naturelle.

La vie est assez douce ici, après la jungle cour-
neuvienne. Une sorte de préretraite. L'urbanisme
bétonnier n'a pas fait trop de ravages bien qu'une
grosse partie du cœur de ville ait été rasée par les
forteresses volantes anglaises qui visaient le nœud
ferroviaire, en avril 1944. Les bâtisseurs d'après-
guerre sont restés modestes. Le notaire de la Grand-
Rue prétend que les habitants du secteur sont rede-
vables de cette rare humilité architecturale à l'édile
à particule de l'époque, un élu républicain, monar-
chiste de cœur, qui vivait les yeux tournés vers le
passé. D'autres mettent le miracle sur le compte
d'une honnêteté maladive, héritée d'un autre temps,
qui lui aurait interdit d'accepter les généreux pots-
de-vin des promoteurs. L'agglomération est scindée
en trois parties : les zones pavillonnaires, meulière et
potagers, occupent les hauteurs à l'ouest de la nationale ; le centre-ville s'étend vers l'est et vient buter
sur le maillage inextricable de la gare de triage. Les
usines, les entrepôts, les friches forment un long
couloir de l'autre côté des voies, le long de la Seine.
Je franchis le fleuve chaque matin pour me rendre
dans mon bureau, au premier étage du commissariat.
Au tout début j'habitais un appartement de fonction,
face à la voûte cimentée du marché, mais quand on
vit sur place, on vous prend rapidement pour le
gardien de la ville... Ça tambourinait à la porte pour
un oui, pour un non, de jour comme de nuit. J'ai cru

vivre dans une annexe de l'hôtel de police jusqu'à
ma rencontre avec Nicole, lors de la brocante
annuelle qui voit tous les habitants de la région vider
leur grenier, leur cave, pour tenter de se défaire des
souvenirs de vacances, des cadeaux de mariage,
d'anniversaire ou de fête des mères qu'ils n'ont pas
eu le courage, l'ivresse dissipée, de mettre à leur
véritable place : la poubelle. Elle « vendait » de
pleines piles de 33-tours. Du Miles Davis, du Brassens, du Ferré, du Modern Jazz Quartet et du John
Lee Hooker, coincée entre des tableaux réalisés
en nouilles colorées et une exposition de poupées
Barbie... J'ai choisi une vingtaine de galettes, et c'est
en lui tendant le lot que je suis tombé sur ses yeux.
J'ai articulé.

— Je vous dois combien ?

Elle m'a souri.

— Rien, je vous les offre...

Je crois que j'ai mis un temps infini à répondre.

— Comment ça vous me les offrez ! Je vous les
achète... Dites-moi combien je vous dois, il y en a
vingt-deux...

Elle a repoussé le paquet de disques.

— Je ne vends rien, je donne... Ce n'est pas
spécialement pour vous, c'est pour tous ceux à qui ça
fait plaisir...

— Et pourquoi vous faites ça ? Je ne comprends
pas...

Un type venait de repartir avec trois trente centimètres de Brel, sans se poser de questions.

— Ma vieille chaîne stéréo a rendu l'âme, et je me suis équipée en laser. Je les ai tous en compact disc...

Je suis revenu la voir, à la fin de la braderie, et nous sommes allés dîner sur les berges, à la terrasse de chez *Pelletingeas*. Un mois plus tard, elle récupérait une partie de sa collection de disques, quand j'acceptai sa proposition de partager son pavillon de la cité Paris-Jardins, à Draveil, qu'elle tenait de son grand-père. Le domaine avait été loti au début du siècle par une société coopérative de construction d'inspiration libertaire, sur l'emplacement du parc du château Fontanges accordé par Louis XIV à la duchesse Marie-Angélique de Scoraille de Roussille en échange de ses talents nocturnes. Pendant plusieurs décennies les habitants des deux cents bâtisses familiales entourées de vastes espaces verts et boisés avaient constitué une sorte de communauté rousseauiste. Nicole se souvenait de forums impromptus autour du Miroir, sur la place de la Lanterne, de discussions passionnées qui éclataient près du parc aux Daims, des serments égalitaristes échangés sur la perspective de la Cité nouvelle... Peu à peu les maisons avaient été vendues au plus offrant. Cadres et hauts fonctionnaires, notaires et avocats avaient remplacé menuisiers et instituteurs, typographes et cuisiniers. Ne subsistaient de l'utopie des origines que quelques rejetons fidèles dont Nicole faisait partie. Et encore, disait-elle, imagine la tête du grand-père s'il apprenait que je vis avec un flic, lui qui a fait le voyage de Moscou, en 1919, pour rapporter la photo dédicacée de Kropotkine qui est accrochée dans le couloir...

Chaque matin, avant de sortir la voiture du garage, je vais flâner dans le domaine, je longe la rive du port aux Cerises et fais halte dans la Lanterne, un petit édifice en forme de sein surmonté d'un toit conique qui en évoque le mamelon. Je m'accoude à la balustrade de l'une des quatre lucarnes ouvertes dans la pente et j'observe les jeux des oiseaux, les approches des écureuils. Je suis ensuite prêt à affronter toute la douleur du monde.

Un retour d'été avait illuminé la mi-octobre, m'inclinant à traîner plus qu'à l'habitude. Nicole était restée au lit, en raison d'une grève massive des fonctionnaires qui la privait de train pour Paris. J'eus des échos du mécontentement qui gagnait le pays en traversant le pont de la Première-Armée-Française : une centaine de cheminots occupaient le tablier, banderoles déployées. Ils filtraient la circulation en gratifiant les conducteurs d'un tract exposant les raisons de leur malaise. Salaires et effectifs insuffisants, détérioration de la notion de service public... L'un des manifestants, un délégué syndical parmi

les plus remuants, me reconnut et glissa ironique-
ment le papier sous mon essuie-glace, à la manière
d'une contredanse. Il se pencha vers ma portière.

— Alors, commissaire, on ne fait pas grève ?

— C'est pas l'envie qui manque, surtout avec ce
beau temps... Le problème c'est que les voyous, les
assassins, ne baissent jamais les bras. Il faut répondre
à la demande !

Toutes les voitures étaient sorties des garages
pour suppléer aux trains, aux bus, aux aireairs, et il
me fallut plus d'un quart d'heure pour couvrir le
kilomètre qui séparait le minaret de la gare du centre-
ville. Je me garais tranquillement sous les ormes
de la promenade quand je vis courir vers moi le
gardien Fromenteau, un jeune type d'Athis que je
considérais comme le meilleur élément du commissariat. Je lui rendis son salut et il refusa le café que je
m'apprêtais à lui offrir au *Bar du Moulin*. Il paraissait très excité, les mots se bousculaient dans sa
bouche.

— Il faut que vous alliez immédiatement à
l'Observatoire... On a reçu un coup de téléphone
du Quai des Orfèvres, il y a une demi-heure... J'ai
envoyé Sumien et Bonnevay pour qu'ils ne laissent
personne s'approcher... Ils vont faire venir des spécialistes de Paris, mais ça risque de prendre du
temps, avec tous les embouteillages...

Je m'appuyai contre la carrosserie de ma voiture.

— Calme-toi... Respire un bon coup et recommence, je n'ai rien compris à ce que tu m'as dit...
Qu'est-ce qu'il s'est passé à l'Observatoire ?

Il reprit son souffle.

— Le professeur Montigny et sa femme se sont
apparemment suicidés au cours de la nuit... Ils
avaient laissé un message sur le répondeur automatique du ministère de la Recherche, et le gardien ne
l'a écouté que tout à l'heure, en prenant son service...
Vu la personnalité du professeur, l'enquête va être
directement gérée au plus haut niveau... Ils nous
demandent de boucler le périmètre et de ne toucher
à rien.

— Très bien, j'y vais.

Je remontai dans ma voiture et filai en direction de
la nationale. L'Observatoire était en fait une lourde
bâtisse à usage de relais de poste jusqu'à ce qu'un de
ses propriétaires épris d'astronomie en fasse don à
Camille Flammarion. Les droits d'auteur de son
ouvrage *L'Astronomie populaire* furent engloutis
dans l'adjonction d'une coupole d'observation et
d'une tour crénelée qui donnait à l'ensemble un faux
air défensif. Les deux gardiens envoyés par Fromenteau faisaient les cent pas devant le porche frappé
de l'étoile fétiche du savant.

— Bonjour. Vous avez vu quelqu'un ?

Sumien jeta le mégot de Gitane qui lui piquait les
doigts.

— Personne, à part la femme de ménage à qui on a conseillé de rentrer chez elle...

— C'est ouvert ?

Bonnevay poussa le portail en fer forgé qui couina des gonds. Je traversai le parc et m'approchai d'une porte flanquée de deux colonnes ioniques, surmontée d'un portique au centre duquel figurait une autre étoile. Je pénétrai dans un vestibule sur lequel donnaient deux enfilades de pièces d'habitation. Je les visitai toutes avant de m'engager dans l'escalier qui conduisait à l'étage réservé aux études. Je m'attardai dans les trois bibliothèques chargées de livres jusqu'au plafond pour finir par entrer sous la coupole. Un système de volets mobiles permettait, à l'origine, de braquer les instruments d'observation sur le rectangle d'univers choisi, mais il ne restait de l'installation que le socle en bronze de l'équatorial de 3,5 m de distance focale avec lequel Camille Flammarion traquait les constellations. Des dizaines d'ordinateurs scintillaient devant les alignements de cadrans et de hublots cerclés de cuivre. Les chiffres piquaient les écrans comme autant d'étoiles miniatures. Les corps de M. et Mme Montigny gisaient près d'un sofa recouvert d'une indienne à personnages représentant des Turcs. Des verres en cristal rosé et un carafon assorti étaient posés sur une table marquetée, au milieu des pièces d'un jeu d'échecs. Je me penchai. Le liquide incolore exhalait la forte odeur d'amande amère caractéristique de l'acide cyanhydrique. La disposition des cadavres indiquait qu'elle était morte la première, et que son mari avait veillé sur ses derniers instants avant d'ingurgiter le poison et d'agoniser en serrant sa compagne dans ses bras. Elle semblait plus jeune que lui, une quarantaine d'années tout au plus. Ils étaient habillés avec recherche comme s'ils s'apprêtaient à sortir, une tunique et un large pantalon en velours frappé de teinte feuille morte pour la femme, un costume bleu clair, chemise blanche et cravate pour l'homme.

Je restai plusieurs minutes figé devant le sofa à me dire que c'était très certainement la première fois, en vingt ans de carrière, que je tombais sur un couple de suicidés aussi soigneux. Tous les types désespérés dont j'avais eu à assurer le suivi judiciaire claquaient la porte sans s'occuper du ménage. Ils sautaient de l'autre côté du miroir en traînant derrière eux de lourdes odeurs de pisse, de merde et de vomissure. D'où je me tenais, je pouvais capter le parfum du Guerlain qui flottait sur la peau de Mme Montigny, et je l'imaginais renversant le flacon ouvragé avant d'en ôter le bouchon de verre avec lequel elle se tamponnait délicatement le haut du cou, à la naissance de l'oreille... Je détournai les yeux et me laissai tomber dans un fauteuil muni de roulettes qui permettaient de se déplacer tout le long du plan de travail. J'avais effectué un stage d'une semaine pour me familiariser avec l'informatique, dans le cadre de l'un des plans cycliques de modernisation de la police, mais le commissariat n'avait jamais été doté du moindre ordinateur, et les quelques notions que m'avaient dispensées les instructeurs s'étaient rapidement délayées dans la gestion du quotidien. J'essayai un moment de comprendre la signification des théories de nombres qui encombraient les écrans, pour passer le temps, jusqu'à ce que je remarque la présence d'un gros album photo posé sur un guéridon, près d'une cheminée dont le manteau était constitué d'un cadran solaire en granit bleu. Les deux parties d'une maxime latine sculptée dans la pierre entouraient un soleil au centre duquel était fichée l'aiguille porteuse d'ombre : TEMPUS FUGIT.

Je fis basculer la couverture de cuir rigide en appuyant le bout du doigt sur une des pointes recouvertes d'un coin en métal doré. La première photo, en couleurs, représentait le mariage des Montigny. Une date portée dans un cartouche situait l'événement le 12 avril 1974, à Bréchamps, en Eure-et-Loir. La noce était alignée contre une haie, et semblait flotter sur la cime des arbres d'où émergeait le clocher d'une église. La deuxième avait été prise à Courchevel, dix mois plus tard. Le couple posait devant une sculpture de glace figurant une Vierge à l'enfant. Sur la suivante, Les Issambres, août 1975, le ventre rebondi de Mme Montigny annonçait

l'imminence d'un heureux événement. Tout le reste
de l'album, à l'exception d'un cliché, était consacré
à Éric, le troisième personnage dont la quatrième
photo immortalisait la venue au monde, le 10 octobre
1975. Chacune des compositions le montrait encadré
par ses parents. On voyait l'enfant nu sur un édredon,
jouant dans son bain, partant à l'attaque sur un cheval de bois, devant un arbre de Noël dressé dans une
pièce de la coupole, le salon d'Uranie... La seule
vue sur laquelle il ne figurait pas avait été prise au
Collège de France, en février 1987, quand André
et Juliette Montigny avaient reçu le Grand Prix de
l'Institut pour leurs recherches en informatique sur
la « temporisation synchronique et le décalage paramétrable », comme le précisait la légende. Les sept
dernières photos racontaient l'adolescence d'Éric,
toujours flanqué de ses parents. Chevauchant une
moto tout terrain, s'apprêtant à s'élancer dans le vide
à l'aide d'une aile delta, brandissant la coupe de
vainqueur d'un tournoi de tennis. La dernière photo
était la plus troublante : datée du jour même,
10 octobre 1995, on y reconnaissait Éric fêtant ses
vingt ans avec son père et sa mère. Ils étaient assis
tous trois sur l'indienne à personnages représentant
des Turcs, là où maintenant gisaient les corps de
Juliette et André. Trois verres en cristal rosé et un
carafon assorti étaient posés sur la table en marque-
terie, parmi les pièces d'un jeu d'échecs. Je tentais

de déterminer l'heure à laquelle le cliché avait été impressionné quand des pas martelèrent les marches menant à la pièce supérieure de la coupole. Trois jeunes inspecteurs aux allures de technocrates entrèrent dans la pièce, tenant chacun deux valises qu'on devinait vides au bout des bras. Ils précédaient un supérieur plus âgé, habillé d'un costume sombre. Il avait le visage terne et les souliers poussiéreux. La rosette de la Légion d'honneur semblait être la seule note de fantaisie que s'autorisait le personnage. Il regarda posément les cadavres, s'avança vers moi et me tendit la main.

— Lorgeat. C'est l'Intérieur qui m'envoie...

Il fit un signe à ses grouillots, qui commencèrent à ramasser toutes les disquettes informatiques qui traînaient dans la pièce, à débrancher les ordinateurs, à empiler les disques durs. Il me toisa.

— Vous avez vu quelqu'un ?

— Non, pas un chat... On dirait que c'est du sérieux...

Lorgeat hocha la tête d'un air convaincu.

— Je ne peux rien dire, ils travaillaient tous les deux sur des données ultra-sensibles...

— Vous avez mis la main sur Éric ?

Il me fixa droit dans les yeux en plissant le front, la bouche entrouverte sur une denture irrégulière.

— Éric ? Quel Éric ?

Je pointai le doigt vers l'album familial.

— Éric Montigny, leur fils... Il était dans cette pièce il y a seulement quelques heures... Je me demande si ce n'est pas lui qui a préparé le cocktail à base d'acide cyanhydrique qu'ils ont ingéré...

Je feuilletai l'album jusqu'à la dernière photo et regardai Lorgeat.

— Alors ?

Il respira profondément.

— Il fallait que ça se termine comme ça un jour ou l'autre... Il fallait qu'ils le rejoignent...

Il referma l'album et laissa sa main peser sur la couverture de cuir.

— Je ne comprends pas... Qui devait rejoindre qui ?

Lorgeat désigna les deux corps d'un mouvement de tête.

— Eux... Éric Montigny est mort depuis près de dix ans maintenant... Ils ont choisi le jour de ses vingt ans pour le rejoindre.

Je tapai du poing sur le cahier de photos.

— Mais qu'est-ce que vous me racontez ! Qu'est-ce que vous cherchez à cacher ? Il est là, à des dizaines d'exemplaires, c'est même lui qui leur sert la soupe mortelle.

— Non, malheureusement ce n'est pas lui.

— Ça ne change rien au problème, il faut le retrouver.

Les inspecteurs quittèrent la pièce, les bras

chargés de matériel informatique. Lorgeat haussa les épaules.

— Il n'y a personne à rechercher... Il n'existe pas...

Je me laissai tomber dans le fauteuil à roulettes. Les choses prenaient une telle tournure que je ne voyais qu'une explication : la raison d'État. Un type ressemblant étonnamment au fils des Montigny avait liquidé le couple, et les services dirigés par Lorgeat s'évertuaient à effacer les traces du contrat...

— Vous croyez que j'ai assez d'appétit pour avaler une aussi grosse couleuvre ?

— Je ne crois rien du tout. Vous savez sur quoi portaient les recherches de ces deux-là ?

J'essayai de me souvenir de la légende de remise du prix, à l'Institut.

— La temporalisation para... paramétrable... C'est ça, non ?

Lorgeat approuva d'un sourire.

— À peu près... En clair ils travaillaient sur un logiciel de vieillissement accéléré du visage... Un système informatique numérisé grâce auquel on peut savoir quelle tête, quelle physionomie, aura un suspect, deux ans, dix ans, vingt ans après le premier avis de recherche... Ils ont testé ce dispositif sur une photo vieille de cinquante ans, celle d'un dignitaire nazi évaporé dans la nature sud-américaine... Le type a été confondu par l'image virtuelle...

Je compris soudain.

— Vous voulez dire que pour Éric...

Lorgeat avança un tabouret et s'assit.

— Exactement... Ils ont imaginé, sur écran, la vie de leur fils décédé... Ils n'ont pas supporté le cap symbolique de ses vingt ans, et ils lui ont demandé de partager *virtuellement* leur mixture, afin de partir tous ensemble...

Pour la première fois depuis très longtemps je sentis mon regard se brouiller. Lorgeat n'eut pas besoin de me le demander : cette matinée n'avait pas existé. Elle n'était emplie que de silence.

Le forcené du boulot

Le groupe de tête venait juste de dépasser le panneau émaillé marquant la sortie d'Amiens quand Alexis se décida à allonger le pas pour refaire son handicap et se porter à hauteur d'une fille dont le balancement des hanches faisait chavirer ses nuits depuis qu'il l'avait aperçue, au départ de Lille. Il rajusta le sac dans son dos, d'un haussement brusque des épaules, se faufila entre deux groupes de marcheurs silencieux, et vint se placer dans son sillage. Il profita du passage d'une voiture pour se déporter sur la droite. Leurs bras nus entrèrent en contact. Elle tourna la tête pour s'excuser d'un sourire. Il se jeta à l'eau avec ses pauvres mots.

— Ça commence à être dur... Je n'ai pas trop l'habitude...

Il eut droit à un autre sourire.

— Vous marchez depuis quand ?

— Je suis parti de Roubaix. Et vous ?

— De Bruxelles.

— Bruxelles? Je croyais qu'il n'y avait que des Français.

— Non, hier j'ai rencontré un Danois. Moi je fais partie d'une petite troupe de chômeurs belges.

— Vous devez être fatiguée, non?

— Pas vraiment... Il faut se raconter des histoires, se chanter des chansons, dans la tête, et surtout ne pas penser à ses jambes.

Le problème, c'est que c'était ça son problème : penser à ses jambes... Ils couvrirent un bon kilomètre en silence. La route partageait le morne paysage picard en deux parts identiques. Une rangée d'arbres, un océan de terres betteravières parsemées de quelques villages îlotiers à droite comme à gauche. Ils contournaient le bourg endormi de Boves quand elle ranima la conversation.

— Et qu'est-ce que vous faites, à Roubaix?

— Pas grand-chose...

— Je voulais dire... avant...

— J'ai bossé dans une imprimerie pendant une dizaine d'années. J'étais conducteur offset. Sur une machine à feuilles... Ça me plaisait bien... On imprimait de la pub, des bouquins, des pochettes de disques.

Il dévida le fil de sa vie. Dans le désordre. Avec ses parties droites, évidentes, ses nœuds facilement démêlables, ses embrouillaminis supportables et ses accumulations inextricables. Les mots coulaient naturellement, et pourtant cela faisait des mois, des années, qu'il n'avait pas eu le courage de réunir les morceaux épars de sa propre vie, de s'avouer ses défaites... La gamine qu'il voyait de moins en moins, les amitiés distendues, les déménagements improvisés, l'apprentissage de la solitude, l'impression de se dématérialiser, de ne même plus être l'ombre de soi-même... Tout en parlant il se demandait ce qui le poussait à se confier. Depuis trois ans les échecs s'étaient accumulés, comme si le malheur prenait un malin plaisir à se dédoubler... Il se posa la question, un bref instant, de savoir si l'inventaire de la déchéance pouvait exercer la moindre séduction sur la jeune femme.

Ils s'arrêtèrent pour fumer une cigarette dans un abri en béton des cars Citroën. Les autres marcheurs les saluèrent au passage. Il y avait là une majorité de types largués depuis des années, des fantômes que les statisticiens planquent sous le sigle commode de S.D.F., des êtres qui payent de leur morcellement le retour à la compétitivité des entreprises, les cobayes oubliés de ces plans d'adaptation de l'économie qui rendent l'individu inapte au quotidien. La veille ils avaient été reçus par le maire communiste d'une petite ville de la banlieue amiénoise. Après le discours de bienvenue et de solidarité, tout le monde s'était retrouvé dans la salle des mariages pour un vin d'honneur. Au deuxième toast une bagarre avait éclaté entre un ancien mineur du Pas-de-Calais et un ex-chauffeur poids lourd à propos du chien du premier qui puait plus que de raison. Le premier adjoint s'était pris un pain en tentant de les séparer, et c'était Alexis qui avait rétabli le calme.

Il apprit qu'elle se prénommait Sylvie, et que son diplôme de puéricultrice ne lui avait servi qu'à trouver des boulots de serveuse, de caissière sous les néons des boutiques de Saint-Gilles, d'Ixelles ou de Molenbeek.

— Le seul rapport, c'était que les patrons se prenaient pour des mômes : ils voulaient que je les cajole...

Ils reprirent la route alors que le gros de la troupe disparaissait dans un des seuls virages du parcours, et firent en sorte de maintenir l'écart jusqu'à l'étape du soir, un foyer de jeunes travailleurs perdu au milieu des entrepôts de Roye. Quelques militants d'extrême gauche vinrent les saluer, puis ils eurent droit à un repas standard sous le regard vitreux des pensionnaires avant d'aller récupérer des forces sur les tatamis du gymnase attenant. Ils prirent une douche à tour de rôle, dans les vestiaires, puis Alexis installa son sac de couchage près de celui de Sylvie. Ils parlèrent longuement dans la lumière douce qui tombait de la verrière, et s'endormirent à l'aube, main dans la main.

Le départ eut lieu vers neuf heures, le lendemain

matin. Une demi-douzaine de nouveaux marcheurs s'étaient joints au cortège qui empruntait toute la largeur de la rue principale de la zone industrielle, obligeant les camions à rouler au pas. Quelques rares klaxons rythmaient les slogans des manifestants : « Cho, cho, chômage ras l'bol... » Alors qu'ils s'engageaient dans le cœur commerçant de Roye, Alexis se détacha soudain de Sylvie. Elle fit quelques mètres, emportée par le défilé, puis le rejoignit sur le trottoir où il se débarrassait de son sac.

— Qu'est-ce que tu fais ? Ça ne va pas ?

Pour toute réponse il leva la tête vers l'inscription qui surmontait la devanture de la vaste boutique : « Imprimerie picarde. »

— Quand tu as demandé poliment, pendant des années, une chose à laquelle tu avais droit et qu'on te l'a toujours refusée, il ne te reste plus qu'une chose à faire...

Elle le fixa droit dans les yeux.

— Quoi ?

— La prendre !

Les doigts d'Alexis se posèrent sur le bec-de-cane. Il traversa le bureau, entra dans l'atelier et repéra du premier coup d'œil une petite machine japonaise, une Hamada, qu'on avait recouverte de larges feuilles de papier pour la protéger de la poussière. Les vingt ouvriers le regardèrent s'en approcher. Alexis fit comme s'ils n'existaient pas. Il vérifia les rouleaux, l'encrier, le blanchet, les margeurs, et la mit en marche, par à-coups, pour graisser les rouages au moyen d'une burette qu'il avait dénichée sur une étagère, entre les boîtes d'encre. Le patron de l'imprimerie s'était approché et l'observait.

— Je peux vous demander ce que vous êtes en train de faire ?

Alexis avait levé la tête tout en s'essuyant les mains avec un chiffon.

— Vous le voyez bien, je la remets en route...

L'homme avait choisi d'en rire.

— Mais je ne vous ai rien demandé !

— Je sais, mais ça ne change rien.

Il avait chargé la marge, accroché une plaque autour du cylindre, et les premières feuilles imprimées commençaient à tomber dans la recette quand les ouvriers imprimeurs, les relieurs, le massicotier, le clicheur, se décidèrent à faire mouvement vers lui. Le conducteur de la Nebiolo, un petit mec râblé qui devait faire de la gonflette, s'était dévoué.

— C'est quoi ton gag exactement ?

— Quel gag ?

— Ben de rentrer dans l'atelier et de te mettre au boulot comme si tu faisais partie du personnel... Où tu veux en venir ?

— Je ne veux en venir nulle part : je suis arrivé. À partir de maintenant je bosse ici, avec vous.

— Mais tu es complètement dingue ! On n'a

jamais vu ça. Personne ne t'a embauché. Le taulier ne te filera pas un centime.

Alexis se baissa pour prendre une cigarette dans son sac à dos.

— J'ai l'habitude : ça fait des mois et des mois que je ne touche plus rien.

Alertés par la direction de l'Imprimerie picarde, les gendarmes de Roye refusèrent de bouger. Le cas d'un chômeur prenant un poste de travail en otage ne s'était jamais présenté et le brigadier de permanence ne savait quel article de loi invoquer pour intervenir. Le plus sage, conclurent-ils, était de s'en remettre aux tribunaux. Les correspondants de la presse régionale se montrèrent plus décidés que les corps constitués. L'action du marcheur pour l'emploi fut annoncée et amplement commentée sur les trois radios du secteur et relayée dans la France entière par leurs réseaux. Un premier rebondissement s'afficha en milieu d'après-midi sur les téléscripteurs : une marcheuse belge qui répondait au seul prénom de Sylvie venait d'occuper un poste de puéricultrice dans une crèche de Montdidier, à vingt kilomètres de Roye. Au cours de la semaine qui suivit plusieurs milliers de personnes se conformèrent à l'exemple d'Alexis et de Sylvie. Des gens s'instituaient poinçonneurs dans le métro, composteur de tickets d'autobus, on jardinait sur les pelouses des grands ensembles, d'autres venaient tenir compagnie aux employés des péages, des parents donnaient des cours de soutien dans les écoles, on organisait des centres de loisirs pirates, des équipes doublaient les ouvriers, sur les chaînes, des hôtesses remplissaient les caddies, à la demande, en faisant la conversation, des comédiens envahissaient les hôpitaux pour lire le journal aux grabataires... Quelques jours avant la fin du mois il y avait une tête de plus, où que vous alliez. Un pilote supplémentaire dans les Airbus, un agent de renseignement à la Sécurité sociale... Tout le monde attendait avec angoisse la date fatidique du 30 septembre, et la réaction des trois millions de personnes qui avaient pris un poste de travail en otage sans être assurées de recevoir le moindre salaire en retour du travail effectué. La grande majorité des habitants du pays mesurait à quel point ce doublement de la présence humaine avait changé le climat dans les rues, mais quand l'usager laissait la place au salarié régulier, le jugement se teintait d'inquiétude : « C'est bien beau tout ça, mais combien ça va me coûter ? »

Le président de la République se décida à intervenir la veille du jour fatidique sur les trois principales chaînes de télévision. Les caméras étaient en place et il s'apprêtait à répondre aux questions des journalistes vedettes quand Alexis, Sylvie et un troisième homme vinrent prendre place près d'Élise Lucet, Patrick Poivre d'Arvor et Paul Amar. Le Président n'eut pas le temps de protester qu'un vieillard se dirigea vers lui en lui tendant la main.

— On fait équipe...

Et c'est à vingt heures trente minutes, alors que *La Marseillaise* résonnait encore dans les salons de l'Élysée, que la première grève éclata. Les salariés réguliers des transports cessèrent le travail pour exiger l'embauche immédiate de leurs doubles. Ceux-ci se réunirent aussitôt et leur apportèrent leur soutien.

L'un en l'autre

Ce n'est pas facile, pour un avocat, d'encaisser sa première condamnation à mort. Vous me direz que ça l'est encore moins pour son client, et vous auriez raison dans l'immense majorité des cas. Mais pas pour le mien. Je connaissais toutes les faiblesses du dossier, et il aurait fallu que la grâce touche les membres du jury pour qu'il en soit autrement. Quand le juge est revenu de la salle des délibérations et qu'il a déplié le papier sur lequel étaient inscrites les conclusions, je me suis tourné vers Peter Browning, pour le soutenir de mon regard. Il m'a adressé un clin d'œil roublard qui semblait dire « Tu as vu, je les ai eus ces connards ! », puis il s'est mis à détailler, centimètre carré par centimètre carré, le décolleté de la sténographe comme si rien d'autre ne le concernait plus. La fille a piqué du nez et s'est mise à rougir en tapotant les mots définitifs sur les touches de sa machine :

« En vertu des lois qui régissent cet État, le

condamné devra décider, dans un délai qui ne pourra excéder huit jours, s'il choisit d'être exécuté par pendaison ou par injection létale. »

Le silence était total, dans la salle du tribunal, et je ne suis pas sûr d'être le seul à avoir entendu ce que Browning a murmuré entre ses dents serrées : « Super, j'ai toujours aimé sauter à la corde... »

Nous avions le droit de nous consulter pendant un quart d'heure avant que les gardes ne lui remettent les menottes et les chaînes pour le transférer au pénitencier de Mowalla, mais il a tendu ses poignets vers l'acier comme s'il voulait quitter au plus tôt le monde des vivants. J'ai posé ma main sur son épaule alors qu'on l'aidait à gravir les marches ajourées, à l'arrière du fourgon blindé. Le chef a fait un signe à ses hommes qui ont ralenti leurs mouvements.

— Écoute, Peter... Il n'y a plus de recours, on a tout épuisé.

Il a craché à mes pieds le chewing-gum qu'il mastiquait depuis le début de l'audience.

— C'est pas trop tôt. Si ça n'avait tenu qu'à moi, il y a longtemps que cette histoire serait terminée.

Je respirai profondément.

— On ne se reverra pas avant... avant l'exécution de la sentence... Je serai à tes côtés...

— Je n'ai besoin de personne.

Il avait baissé la tête pour entrer dans le fourgon et s'était laissé tomber sur un banc métallique constellé d'inscriptions tracées dans la peinture antirouille. La porte allait se refermer quand il s'est relevé et a agité ses bras cliquetants dans ma direction.

— Hé, l'avocat, tu as raison, il y en a deux que je voudrais voir en face avant de me balancer au-dessus de la trappe... Dis-leur de venir... Ils ne peuvent pas refuser d'exaucer la dernière volonté d'un mec promis à l'enfer pour l'éternité... Surtout que le mec en question, ils le connaissent plutôt bien...

Je m'attendais au pire en posant ma question, et il était au rendez-vous.

— Qui est-ce que tu veux voir, Peter?

— Comme si tu ne le savais pas! Mon vieux et ma vieille, pardi! Ils ne sont jamais venus, ni en prison ni aux audiences... Il faut quand même qu'ils gardent un souvenir de leur fiston, tu ne crois pas... Alors, c'est d'accord, l'avocat?

Les portières ont enfermé son rire dans le cube de ferraille. Les fédéraux en armes se sont partagé les places dans les deux Buick de l'escorte, puis le convoi s'est engagé en hurlant de toutes ses sirènes sur la bretelle ouest de l'autoroute, celle qui passe juste au-dessus du drugstore Langdon. Je l'ai regardé s'éloigner vers Mowalla en me disant que, dans un peu plus d'une heure, Browning franchirait pour la première fois de son existence la triple rangée de barreaux qui séparait ceux qui n'avaient perdu que la liberté de ceux à qui on allait confisquer la vie.

Je descendais les marches, incapable de décider
où me conduiraient mes pas, quand John Foster, le
plus redoutable de mes adversaires, m'interpella
depuis l'arrière de sa Lincoln qui émergeait du
parking en sous-sol.

— Je peux vous déposer quelque part ?

Au cours des six mois précédents j'avais réussi à
désactiver les dossiers de trois des quatre accusateurs
de mon client, en pointant des incohérences dans
les déclarations des témoins, en mettant en cause
leur probité, en soutenant qu'ils avaient des raisons
personnelles de se dresser contre Browning, en
insinuant le doute sur les conclusions des experts
graphologues, des médecins légistes. J'étais même
allé jusqu'à produire un certificat établissant que le
père d'une des victimes de Peter faisait de fréquents
séjours dans un établissement psychiatrique. Les
conseils de ces trois familles avaient fait leur travail
en conscience, mais le caractère effrayant des crimes
commis par Browning les avait aveuglés. Ils s'étaient
laissé aller à penser que leur seul énoncé induirait la
sentence, et s'étaient contentés d'aligner les témoi-
gnages en regard de chaque cote de la procédure.
C'est là que je les attendais : rien de ce qui était
reproché à Peter n'était inexact, les enlèvements,
les tortures, les viols, les assassinats, les démem-
brements... Tenter de nier ne serait-ce qu'un détail
était voué à l'échec, et je m'étais attaché à détri-

coter fil après fil la camisole qu'ils lui avaient tissée.
Seul John Foster avait pris soin de verrouiller toutes
les phases de sa démonstration, tenant en réserve
sur chaque point décisif un témoin irréprochable,
produisant un document incontestable. Sans douter
un seul instant de la responsabilité de mon client
dans les trois premiers meurtres, le jury s'était
trouvé, après mes efforts, dans l'impossibilité de les
lui imputer formellement. Le dispositif dressé par
Foster autour du quatrième, celui de la petite Hilary
Dayton, était inattaquable et il ne m'était resté
qu'une pauvre parade pour conjurer l'inéluctable. Si
Browning était bien majeur lorsqu'il avait commis
les trois crimes dont je venais de démanteler les
dossiers, il n'avait pas atteint ses dix-huit ans quand
il avait inauguré sa carrière meurtrière sur sa frêle
voisine Hilary, et devait normalement, pour répondre
de cette accusation, comparaître devant une juridiction spécialisée dans la délinquance juvénile. Je
constatai, au trouble puis à l'agitation qui s'étaient
emparés de Foster et de ses collaborateurs, que l'ar-
gument avait porté. Après la suspension d'audience,
la satisfaction avait changé de camp. Le juge, guidé
par mon adversaire, s'était plongé dans la jungle
de la législation, de la jurisprudence, et il réclama
le silence pour communiquer le résultat de ses
recherches. La date qui devait être prise en compte,
dans cet État, pour déférer l'accusé devant telle ou

telle juridiction n'était pas celle du délit mais bien celle de l'arrestation, en conséquence de quoi le tribunal pouvait poursuivre ses travaux. Trois heures plus tard, les seules charges pesant sur Peter Browning concernant la séquestration, le viol et le meurtre d'Hilary Dayton étaient déclarées recevables dans leur intégralité, et cette recevabilité le livrait tout droit aux mains du bourreau.

J'ouvris la porte de la Lincoln et m'installai à côté de John Foster, le dos tourné au chauffeur.

— Vous allez où ?

Je consultai mon carnet électronique, qui afficha l'adresse des parents de Browning.

— Je vais à l'autre bout de la ville, dans le quartier d'Altone. Déposez-moi près de la place Wiseman et je prendrai un taxi.

Foster fit coulisser la glace de séparation pour transmettre les indications au chauffeur, puis il ouvrit la porte du petit bar réfrigéré dissimulé sous la banquette et servit deux whiskys dont il dilua l'ambre au Perrier.

— Vous repartez ce soir à New York ?

J'avalai le contenu de mon verre d'un seul trait.

— Non, j'ai promis à Browning de l'assister jusqu'au bout.

— Vous n'y êtes pas obligé.

Il me resservit un whisky et je refusai, d'un signe, qu'il le noie dans les bulles.

— Je sais... Mais si je ne le fais pas, je me demande si, dans le futur, je me sentirai capable de plaider avec assez de conviction pour un type qui risquera sa peau... Et vous, ça vous est déjà arrivé ?

Il comprit le sens de la question sans que j'aie besoin d'insister.

— J'ai beaucoup plaidé à Philadelphie... Et la Pennsylvanie détient depuis des années le record du nombre de condamnations à mort prononcées sur le territoire des États-Unis. J'ai perdu deux fois de cette façon.

Foster tourna la tête vers la rue, comme s'il s'intéressait aux alignements des bureaux du centre-ville. Il poursuivit, les lèvres collées à la vitre fumée sur laquelle se déposait son haleine.

— Excusez-moi si j'ai été un peu dur avec vous, tout au long de cette semaine, mais votre client était d'une espèce rare... Il n'a pas eu un seul mot de regret, et il n'a pas cessé de promener sur tous ceux qui l'entouraient ce regard plein de morgue...

— Je ne crois pas que son repentir aurait changé grand-chose.

Le chauffeur venait de ranger la Lincoln le long du petit parc au centre duquel trônait la statue du général Wiseman, l'un de ces révolutionnaires allemands qui avaient pris fait et cause pour les antiesclavagistes, lors de la guerre de Sécession, et qui, un temps, influencèrent le seizième Président.

J'ouvris la portière. John Foster descendit également et me serra la main assez longuement pour souligner que seul le hasard était responsable de notre affrontement et qu'il n'en resterait rien de personnel. Le chauffeur du taxi qui m'emmena vers le quartier d'Altone était originaire de La Nouvelle-Orléans. Il forçait sur l'accent et affectait d'émailler ses phrases de mots dont on devinait qu'ils avaient été français. En moins de dix minutes j'en savais assez sur ses frères, sa femme et ses enfants pour faire coffrer toute la famille sous les inculpations d'escroquerie, de recel et de trafic de substances interdites. Si j'en avais eu l'utilité j'aurais pu acheter, pour moins de cent dollars, le magnétoscope ou le caméscope qu'il trimbalait dans son coffre, sous la roue de secours.

Les parents de Browning habitaient une maison d'un étage, bois et brique, construite au début du siècle quand la ville s'était étendue sur les anciens marais. Le père de Peter travaillait dans une ferme industrielle des environs qui produisait assez de viande de bœuf pour alimenter tous les MacDonald de la planète. Sa mère avait exercé le métier de secrétaire comptable mais, la grossesse et l'accouchement ayant altéré sa santé, elle avait cessé toute activité après la naissance de son unique enfant, dix-neuf ans plus tôt. J'agitai la cloche qui pendait au milieu d'un arceau, au-dessus de la grille. Un rideau se souleva, dans la cuisine, et Mary Browning apparut sur le seuil, légèrement courbée pour retenir un vigoureux labrador. Je traversai le petit jardin planté de légumes, de fleurs, et donnai quelques tapes amicales au chien, en passant.

— Je venais vous dire que...

Elle haussa les épaules.

— Ils en ont parlé tout à l'heure, dans le flash spécial d'Ed Mulligan... On ne s'attendait pas à autre chose... Entrez...

William Browning avait visiblement son compte. Il était avachi sur le canapé, devant la télé qui diffusait une pub destinée à faire saliver les humains afin qu'ils achètent des aliments pour chats, et il se contenta d'un grognement pour saluer mon arrivée. Je ne l'avais jamais connu autrement qu'ivre. C'était le seul moyen qu'il avait trouvé pour fuir l'horreur des crimes de son fils, et je n'avais eu véritablement affaire qu'à sa femme au cours des derniers mois. Elle avait clairement fixé les règles du contrat dès notre première entrevue.

— Quoi qu'il arrive, je tiens à ce que vous sachiez que mon fils est déjà mort dans mon cœur, mais s'il y a ne serait-ce qu'une chance sur un milliard qu'il soit innocent, je ne veux pas qu'il soit dit que j'ai pu la laisser filer.

Je refusai la boîte de Budweiser qu'elle s'apprêtait à dégoupiller à mon intention.

— Je suis venu vous transmettre un message de Peter.

Mary Browning reposa la bière sur l'étagère vitrée du réfrigérateur et me fixa intensément. Je compris qu'elle n'avait pas renoncé et attendait encore ces quelques mots d'excuse, de regret qui, sans effacer le malheur qui s'était abattu sur eux, auraient tout au moins permis de le rendre plus supportable. Son regard se fit plus intense, comme pour m'encourager à continuer. Je baissai les yeux.

— Il a choisi la pendaison, et il veut que vous assistiez tous les deux à son exécution.

Elle chancela, fit quelques pas et vint s'appuyer sur l'accoudoir du canapé. Elle se saisit machinalement de la télécommande pour réduire à néant la énième rediffusion d'un épisode de *Dynasty*.

— Le salaud ! Il a commencé à me détruire bien avant son premier jour, et il a décidé de continuer, jusqu'à son dernier souffle...

Je tirai une chaise de sous la table et m'assis à califourchon.

— Je ne comprends pas... *Avant son premier jour ?* C'est bien ce que vous avez dit ?

Elle repoussa la main de son mari qui cherchait à reprendre le zappeur pour redonner vie à la famille idéale.

— Oui, c'est ce que j'ai dit... Ils m'ont charcutée pour le sortir... Il pesait plus de quatre kilos... Mais ce n'était pas étonnant qu'il soit aussi gros, après ce qu'il avait fait...

Je me penchai vers elle.

— Vous n'arrêtez pas de parler par énigme... Il venait tout juste de naître, je ne vois pas ce qu'il aurait pu faire *avant* !

— Personne ne peut l'imaginer, il faut que ça vous arrive pour que vous admettiez que ça existe vraiment.

Elle grimpa au premier et je l'entendis déplier un escabeau, remuer des paquets, fouiller dans des papiers. Elle redescendit en tenant dans ses mains de grandes enveloppes bistre qui contenaient une dizaine de radios qu'elle commenta une à une en les plaçant devant la fenêtre du fond exposée au soleil.

Ce qu'elle me révélait, sans en mesurer la portée, bouleversait totalement le jugement que je portais sur Peter Browning. J'étais certain que si ces faits avaient pu être évoqués dans l'enceinte du tribunal, le jury aurait rendu des conclusions différentes. Mary accepta de me confier les documents échographiques, et il me fallut moins de trois jours pour obtenir du gouverneur de l'État la réunion d'une commission extraordinaire habilitée à examiner une possible révision du procès de Browning. J'avais pu joindre Edward Bowley, le gynécologue qui avait suivi Mary pendant toute sa grossesse, ainsi que James Hoocker, le médecin accoucheur. L'un exer-

çait en Floride, l'autre au Canada, mais ils avaient
pris chacun un avion dès que je leur avais expliqué la
situation. Leur présence fut déterminante. Ils se
tenaient à mes côtés quand j'alignai la série d'écho-
graphies sur le verre dépoli lumineux qui avait été
installé à ma demande dans la salle des délibérations. Bowley et Hoocker se relayèrent pour décrire
l'évolution de la grossesse de Mary Browning. Dès
le troisième cliché on distinguait nettement deux
fœtus placés tête-bêche, et à l'aide d'une loupe on
pouvait affirmer que les jumeaux étaient tous deux
de sexe masculin. La radio suivante le confirmait
pleinement. L'évolution des deux entités était com-
promise sur la cinquième échographie : il semblait
qu'un des fœtus, celui qui se tenait la tête vers le
sol, ne se développait plus et que même il régressait.
Les derniers examens en donnaient l'explication :
l'un des jumeaux avait, de manière terrible, pris
l'ascendant sur son double et s'était mis en devoir de
l'absorber, de s'en nourrir.

Aucun des participants ne fut capable d'émettre
le moindre son quand le professeur Bowley détailla
la dernière radio, effectuée quinze jours avant l'accouchement, et qui ne montrait plus qu'un fœtus
resplendissant.

— Ce processus d'adelphophagie, par lequel un
seul embryon arrive à terme, après avoir absorbé la
substance du ou des autres embryons qui se sont

développés avec lui, est assez fréquent dans certaines espèces animales comme les prosobranches, mais d'une très grande rareté chez les humains...

Il ressortit des discussions passionnées qui suivirent son exposé que personne, en l'état des maigres connaissances concernant le sujet, ne pouvait affirmer que le fait pour Peter Browning d'avoir ingéré son frère n'avait pas eu sur son état psychique des conséquences désastreuses. L'exécution fut ajournée le soir même, et il ne faisait plus de doute qu'elle n'aurait jamais lieu.

Dès le lendemain, par les journaux que les gardiens faisaient traîner dans le couloir de la mort au mépris de toute réglementation, Peter Browning eut connaissance de la lourdeur de son passé intra-utérin. Il déchira son drap en fines bandes, dans le sens de la longueur, les tressa patiemment, et passa cette corde improvisée autour du cou du frère qui était en lui.

Les frères de Lacoste

Quand je suis arrivé dans le village, au début des années 90, la charcutière débitait les côtes dans l'échine d'un geste ample et poussait de petits cris rauques lorsque le hachoir fendait l'os. Les mômes de Trentemoult l'espionnaient depuis la cabine téléphonique pour voir la touffe de poils noirs et drus nichée sous l'aisselle et que l'élan découvrait. Elle a définitivement baissé le rideau un an après l'inauguration de l'Atout-Sud, de l'autre côté de la nationale. Si on regarde bien, tout a fermé question boutiques, et on s'est habitué à sortir la voiture du garage pour aller chercher une baguette congelée qui part en miettes sur la banquette, rassise le temps de revenir s'affaler devant la télé... Seuls tiennent le coup les restos alignés face aux pontons où s'amarraient les vapeurs Roquios qui faisaient la navette entre les deux rives de la Loire, avant les ponts. Un couple de gamins a racheté les murs et transformé l'enseigne du *Pied de porc rézéen* en « Artcuterie ». Ils exposent

des toiles, des bijoux qu'achètent des Nantais en
goguette.

Le soir, après la dernière ronde des vigiles du
centre commercial et de leurs bergers teutons, je
m'installe au bord du fleuve pour fumer une clope,
un pied sur la rambarde. J'aime bien quand l'eau
monte avec le vent chargé de fraîchin qui vient de
l'estuaire, les clapotis caressant le pavage des embar-
cadères, et les lumières mouvantes des chantiers sur
le bras de la Madeleine. Il m'arrive même, quelquefois, d'oublier mes douze heures quotidiennes
embusqué derrière le comptoir de Fringue-House à
essayer de fourguer la camelote passée de mode qui
pèse sur les cintres. Je pourrais m'échapper, entre
deux et quatre, et venir faire une pause au bout de la
place des Filets pour rêver à toutes les richesses
d'Afrique, des Indes et des Amériques qui ont
remonté le fleuve et défilé devant les façades de
Trentemoult avant de disparaître dans les profon-
deurs de la ville, mais dans le commerce on a toujours peur de louper un client. Je me dégourdis les
jambes, je digère la galette complète de la crêperie en
me promenant dans le Leclerc, je discute avec les
caissières, j'observe les clients.

Vendredi dernier, je me suis arrêté pas mal de
temps devant les nouveaux modèles de télés avec
magnétoscopes intégrés qu'ils sortent en prévision
des Jeux olympiques d'Atlanta. Un type d'une

trentaine d'années, la tête rentrée dans les épaules, le menton pratiquement posé sur la barre de son caddy, a jailli du rayon primeurs et pris le virage des laitages fermiers à toute vitesse alors que je m'étais accroupi pour lire les caractéristiques d'un caméscope grand angle. Le coin gauche de son chariot a bousculé une pile de yaourts nature en promotion qui ont explosé blanc sur le carrelage. Les écrans et ma veste se sont couverts de neige. J'ai voulu gueuler, pour qu'au moins il s'excuse, mais il avait déjà disparu derrière une tête de gondole. Alexandra, la démonstratrice du rayon hi-fi, est venue à mon secours et m'a débarrassé au Kleenex des éclats de lait caillé. Son sourire a fait refluer la colère, aussi vite qu'elle était montée, et je m'apprêtais à rejoindre mon poste lorsque je tombai à nouveau sur le flingueur de petits pots. Il était dans la même position, le nez sur le guidon, et fixait intensément les rangées impeccables de paquets de pâtes alimentaires. Ma main allait s'abattre sur son épaule impolie quand il s'est redressé, a écarté le pan de sa veste pour se saisir d'un minuscule téléphone portable. Ses doigts ont pianoté un numéro à huit chiffres rythmé par des sons électroniques. Il a attendu une fraction de seconde, s'est éclairci la voix avant de murmurer un « allô » plein de tendresse.

— Allô... C'est moi, chérie... Non, non, je suis dans le magasin et je n'arrive plus à me souvenir de ce que tu m'as dit pour les nouilles... Non, je ne crois pas, la réduction immédiate c'est sur les lots de Panzani, pas sur les Barilla... On t'a peut-être raconté ça mais moi je constate que ce n'est pas vrai... Je suis bien placé, tu ne peux pas dire le contraire ! Qu'est-ce que je fais alors ? Tu en es sûre ? Bon d'accord, d'accord... C'est toi qui décides.

Je l'ai suivi tout au long de son périple consumériste. Chaque arrêt devant un rayon donnait lieu à un interminable échange téléphonique. De savantes conversations dont je ne saisissais qu'une moitié s'engageaient sur les mérites comparés du thon blanc Saupiquet en boîtes individuelles de cent grammes et son homologue Petit Navire au conditionnement plus familial, ou bien à propos des vertus apaisantes d'une spécialité locale, le gel douche Persavon parfumé au chèvrefeuille... Le finale du spectacle s'est déroulé à la caisse 18 où trône Jeannine, une ancienne poissonnière du marché de Ragon. Elle a passé son détecteur sur les codes barres de la montagne de produits que le type déversait sur le tapis et enfourné sa carte bleue dans la fente de la machine. Ça s'est mis à clignoter, à piauler, à régurgiter. Jeannine a tiré vers elle le rectangle de plastique et l'a agité devant les yeux de son client.

— Qu'est-ce que vous avez foutu avec votre carte, elle est toute poisseuse, ça colle aux doigts ! Ma bécane ne veut rien savoir !

J'ai cru un instant qu'il allait appeler sa femme pour lui soumettre le problème, mais le portable est resté à sa place, dans la poche intérieure. Il s'est contenté de bafouiller.

— J'ai tiré de l'argent, hier soir à Nantes, dans un distributeur, et ma carte est ressortie recouverte de chewing-gum... Un petit con qui s'est cru malin... Je l'ai nettoyée... Je croyais qu'il n'y en avait plus...

Jeannine lui a tendu sa carte, les doigts en forme de pincette, puis elle s'est essuyée sur sa blouse.

— Il faut frotter avec un glaçon : il n'y a que ça d'efficace contre le chewing-gum... Vous réglez comment ?

— Je n'ai rien d'autre sur moi... Mettez mes courses de côté, je repasserai tout à l'heure...

La caissière a haussé les épaules pour dire qu'elle connaissait l'air et la chanson. Je l'ai regardé s'enfuir, voûté, la tête engoncée, persuadé de ne plus jamais revoir cet obsédé du sans-fil.

Ce matin très tôt, ma sœur Noëmie est arrivée en voiture de Saint-Nazaire pour me remplacer deux jours au comptoir de Fringue-House, le temps d'aller me présenter devant le tribunal de Lyon. J'ai beau lui expliquer pour la millième fois que je n'ai ni tué ni volé, c'est l'arrosage automatique... Les circonstances se sont goupillées de telle manière que, lors d'un contrôle de la répression des fraudes, un lot de

tee-shirts et de chemises Lacoste éparpillés sur les
étagères de la boutique s'est révélé provenir d'une
usine de Manille spécialisée dans le faux de luxe ! Et,
comme un malheur n'arrive jamais seul, je n'ai pas
été fichu de remettre la main sur la facture du grossiste lyonnais... La justice est ainsi faite qu'il ne leur
en faut pas plus, un papier égaré, pour vous accuser
de recel. Ma seule consolation, c'est que je ne suis
pas le seul à s'être fait refiler des copies : l'assigna-
tion cite une bonne quinzaine d'autres honnêtes
commerçants appartenant à la même chaîne de fran-
chisés que moi.

Noëmie m'a déposé devant la gare de Nantes et
j'ai embrassé ses joues humides. Je me suis installé
dans le compartiment du corail avec la ferme intention de relire tout le dossier d'accusation et de peau-
finer ma défense. Le train commençait à glisser le
long du quai quand j'ai aperçu le type à la carte bleue
suintante émergeant du soufflet. Il a remonté le
couloir, son billet à la main, s'est immobilisé à ma
hauteur pour désigner du doigt le siège accolé à la
fenêtre, et je me suis levé pour lui laisser le passage.
Il s'est laissé tomber en soupirant, sans un remerciement. Si on regardait les choses en face, mon affaire
se présentait assez mal... La chaîne de magasins
Fringue-House battait de l'aile, à la limite du dépôt
de bilan, et nous avions tous accepté de vendre des
Lacoste de Manille pour ne pas perdre les quelques

sous investis dans l'affaire. La seule façon de nous en tirer, c'était de charger la barque du grossiste, d'affirmer que nous ignorions la provenance de la marchandise. Le problème c'est qu'il n'y a rien de plus individualiste qu'un petit commerçant ! Trois d'entre eux ont déjà craqué chez les flics et les autres pensent à faire amende honorable devant le juge. Nous quittions à peine les faubourgs qu'il a sorti son portable, composé un premier numéro et s'est mis à parler haut, farcissant mes réflexions de phrases creuses.

— Tu n'as vraiment rien remarqué ? Non, c'est pas vrai, tu dis ça pour me faire marcher... C'est un Motorola HP5 avec filtre séquentiel... Oui, oui, le haut de gamme... Quand même ! Tu n'as vraiment rien remarqué, alors ? Je suis scié ! Eh bien, il y a deux minutes on est passé dans un tunnel... Et rien de ton côté, tu as entendu, rien... C'est ce qu'on m'avait dit, à la boutique, qu'on peut téléphoner de l'intérieur d'un blockhaus sans rupture de faisceau... Oh, t'es con, bien sûr que je n'ai pas de blockhaus, c'est juste une image, mais va savoir ce que l'avenir nous réserve...

Une heure plus tard il continuait à tester toutes les possibilités de son HP5 en appelant systématiquement les numéros des personnes recensées dans un petit calepin noir, et j'avais beau fermer les yeux, placer mes mains sur mes oreilles, il m'était impossible de me concentrer sur le lot de faux Lacoste qui obscurcissait mon avenir immédiat. En traversant le Berry je me suis mis à la recherche d'une place vacante, dans un autre compartiment. Tous les wagons étaient bondés et j'ai fini par me réfugier sur un coin de tabouret, au bar du corail. Je commandai un de ces cafés filtre qui font tout autant la réputation que l'agrément des voyages S.N.C.F., et le sirotais en renouant les fils de mes pensées de justiciable quand une vieille femme se mit à crier. Je délaissai ma décoction d'arabica pour m'approcher. Un homme sans âge, le visage cireux, s'était effondré au milieu du couloir, vraisemblablement victime d'une attaque cardiaque. Il geignait entre deux halètements, les mains jointes sur son cœur, et un filet de sang coulait sur son front entaillé lors de la chute. Sa femme hurlait maintenant, exigeant qu'on stoppe le train, qu'on appelle un médecin. Je repoussai les curieux et me penchai vers le malade pour desserrer sa cravate, ouvrir le col de sa chemise. Je me relevai alors que le contrôleur, alerté, pénétrait dans le bar en compagnie d'un étudiant en médecine qui se livra à un rapide examen.

— Il faut absolument s'arrêter à la prochaine gare et le faire transférer dans un service de réanimation... Elle est loin ?

Le cheminot eut un regard sur le paysage.

— Une trentaine de kilomètres, on y sera dans

moins d'un quart d'heure, mais il n'y a rien : pas d'hôpital, pas de clinique...

— Appelez les secours d'urgence, qu'ils envoient un véhicule d'intervention le temps qu'on arrive !

Pour toute réponse le contrôleur leva les yeux au plafond et haussa les épaules. L'étudiant fit une grimace.

— Eh bien quoi ? Allez-y, il n'y a pas une minute à perdre.

— Je ne peux rien faire... On n'est pas dans le T.G.V. Sur ce train le téléphone est en circuit fermé, on peut joindre le mécanicien et les autres contrôleurs, c'est tout.

Je me suis approché du futur médecin.

— Je crois que je peux arranger le coup... J'en ai pour une minute, je reviens.

Quand j'arrivai à la hauteur de ma place réservée, le type était toujours accroché à son portable. J'ai essayé de capter son attention.

— Je ne pense pas rester trop longtemps à Lyon... Une semaine, dix jours maximum... Tu sais comment ça se passe pour moi... Il faut absolument que je sois à Tokyo à la fin du mois, pour la présentation des nouveaux modèles... On ne se maintient dans le groupe leader qu'en étant toujours sur la brèche...

Il a fini par remarquer mes mouvements de mains et a posé la sienne sur l'émetteur de son appareil en me toisant d'un air renfrogné.

— Qu'est-ce que vous voulez ?

Je lui ai expliqué en trois phrases le drame qui se jouait, trois wagons plus loin, et j'ai tendu les doigts pour me saisir du portable et composer le numéro de la gare que le contrôleur avait noté dans la marge d'un formulaire de surtaxe. Le type a reculé brusquement contre la vitre et a collé ses lèvres au téléphone.

— Non, non, ce n'est rien... Attends, ne raccroche surtout pas...

J'ai insisté.

— C'est une question de vie ou de mort... Je préviens juste la gare, il y en a pour trente secondes...

— Ce n'est pas mon problème... Je ne prête pas mon téléphone, trouvez-en un autre !

La rage m'a submergé. J'ai posé un genou sur l'accoudoir séparant nos sièges, pour me donner un appui, et j'ai agrippé le type par le col. Il s'est cogné au montant de la fenêtre et j'ai profité du choc pour me saisir du portable. J'ai pianoté les huit chiffres sur le cadran mais aucun son n'est venu en retour dans l'écouteur.

— Qu'est-ce qu'il se passe ? Comment ça marche ?

Le type ne me regardait pas, recroquevillé dans son coin. Je l'ai repris par le col en lui écrasant le Motorola HP5 sur le nez.

— Je t'ai posé une question ! Comment tu le mets en route, ton truc ?

Son filet de voix s'est frayé un difficile chemin pour parvenir jusqu'à moi.

— Il ne marche pas... C'est un faux...

Je me suis laissé tomber sur mon siège, incapable d'assimiler ce qu'il venait de m'avouer.

— Comment ça « un faux » ? Ça veut dire quoi « un faux » ?

Il était plus minable encore que devant la caisse de Jeannine, avec sa carte enduite de chewing-gum et ses amoncellements de nouilles, de thon blanc, ses packs d'eau minérale.

— C'est comme un jouet... On fait semblant...

Allez savoir pourquoi, mais à cet instant précis les Lacoste me sont revenues en pleine gueule.

Les animaux d'artifice

I

Heng Pursat habitait un village construit sur les rives du Tonle-sap, le grand lac dans lequel se jettent les eaux sablonneuses des monts du Dangrek et des Cardamomes. Chaque matin, il conduisait les deux buffles noirs au-delà des rizières en empruntant les chemins de terre surélevés qui servaient de digues. Au début, les animaux le distançaient puis ils s'étaient résignés à l'attendre, marquant le pas à chaque carrefour. Comme pour les remercier, Heng les laissait s'abreuver à la cascade de la rivière Tanad dont les flots, disait-on, irriguaient les jardins sacrés d'Angkor. Il n'était jamais allé aussi loin, et seul son regard avait buté sur la ligne d'horizon. Il s'accroupissait pendant que les buffles étanchaient leur soif et s'inclinait en direction des temples. C'est là-bas que les crânes de tous ceux qui l'avaient précédé avaient explosé sous le marteau des Khmers rouges, et les

remous des affluents avaient, des années durant, agité
les os blanchis des siens. Le pré où paissaient les bêtes
se trouvait juste au-dessus de la route de Siem-Reap,
un secteur stratégique que s'étaient longuement dis-
puté les armées et les bandes adverses. Le sol, blessé
par les combats, se vengeait des hommes en faisant
exploser sous leurs pas les millions de mines qu'il
dissimulait. Heng Pursat avait perdu une jambe alors
qu'il courait après un ballon égaré, comme tant
d'autres enfants, et la nouvelle administration s'était
résolue à interdire de vastes zones fertiles en les
entourant de fil de fer barbelé. Les alignements de
poteaux dessinaient les anciens fronts, les périmètres
de protection et les zones de largage des bombes
antipersonnel. Soudain, alors que Heng longeait l'un
de ces champs de mort, un énorme chien sauvage,
surgi de nulle part, vint se planter devant les buffles,
babines retroussées sur deux rangées de crocs impeccables. Sa première frayeur passée, Heng se baissa
pour ramasser une pierre plate qu'il projeta à la tête
du chien. L'animal, blessé, poussa un hurlement terrible et se mit à fuir en longeant la frontière hérissée.
  Parvenu à un angle, il n'eut d'autre ressource que
de prendre son élan pour franchir l'obstacle. Heng
Pursat s'immobilisa, les yeux écarquillés sur la
beauté de l'envol, mais à peine le chien avait-il touché la terre de ses pattes qu'il se transforma en une
gerbe écarlate.

II

Le ministre de l'Agriculture promena son regard sur les toits de Phnom Penh et revint s'asseoir devant son bureau. Les statistiques se suivaient et se ressemblaient : quinze ans après la fin théorique de la guerre, les onze millions de mines dispersées sur le territoire faisaient davantage de victimes que la vieillesse, le cancer et le sida réunis. Il se plongea dans la lecture de la presse internationale pour ne pas se laisser aller au désespoir. *Le Monde* consacrait son titre principal au projet du gouvernement britannique d'abattre le cheptel atteint d'encéphalopathie spongiforme. Le nombre de bovins malades, onze millions, vint se superposer dans son esprit à celui tout aussi rond des mines cambodgiennes.

Et il se mit à rêver à onze millions de vaches folles anglaises lâchées dans les surfaces barbelées khmères...

Détour de France

Un soleil timide blanchissait la pierre savonneuse des façades bordelaises quand Alain Juppé franchit, entre deux gardes du corps, la porte séparant l'hôtel de ville des appartements privés du maire, qui, un siècle auparavant, abritaient la vie intérieure de l'évêque d'Aquitaine. Un cordon de policiers municipaux bouclait la place pour en interdire l'accès aux quelques curieux épars dont les nez, au ciel, suivaient les manœuvres d'approche de l'hélicoptère du Premier ministre. L'engin se posa à une dizaine de mètres du groupe des officiels. Ils se mirent en mouvement, mais Alain Juppé fut le seul à grimper dans la bulle de verre et de plexiglas. Il tapota l'épaule du pilote qui le remercia d'un coup d'œil, avant de prendre place à l'arrière près d'un jeune énarque visiblement sujet au mal de l'air. Il plaqua sur son crâne ses rares cheveux que le tournoiement des pales avait hérissés, tandis que l'hélico s'élevait au-dessus de la ville qu'il venait de conquérir. Le chargé de mission avait bouclé sa ceinture et se tenait recroquevillé, les paupières baissées, les doigts crispés sur l'armature du siège. Alain Juppé attendit que le pilote, son altitude de vol atteinte, stabilise l'hélico et mette le cap sur le parc régional des Landes, pour se pencher vers lui, un sourire aux lèvres.

— J'étais comme vous, au début... Vous verrez, même si l'on n'y prend pas vraiment de plaisir, on finit par s'habituer.

L'énarque ouvrit un mince filet d'yeux et risqua un regard nauséeux sur les premiers alignements de ceps des Graves.

— Excusez-moi, monsieur le Premier ministre, mais c'est la première fois que je monte à bord d'un hélicoptère. Je suis sujet au vertige.

— Dans ce cas, permettez-moi de vous donner un conseil... Ne vous lancez pas dans la politique... J'en connais beaucoup qui souffrent du mal des hauteurs quand bien même ils ne sont installés que sur un strapontin ! Alors, où est-ce que vous m'emmenez exactement ?

Le chargé de mission trouva la force de sourire. Il se pencha pour prendre un dossier dans la serviette plein cuir posée entre ses jambes, l'ouvrit sur ses genoux et déplia une carte d'état-major sur laquelle il promena son doigt.

— On vous attend à Uza.

— Uza ? Et c'est où, ça ?

— Près de Lit-et-Mixe.

Alain Juppé fronça les sourcils, créant une infinité de dépressions sur son front.

— Lit-et-Mixe... Ce n'est pas très loin de l'océan, si je me souviens bien ! Je croyais qu'ils descendaient droit sur Pau.

— C'est l'itinéraire classique, mais cette année ils font un détour : ils longent la route côtière sur une vingtaine de kilomètres avant de reprendre la nationale 10, à Castets.

— Très bien... N'importe comment, je n'irai pas jusque-là.

L'énarque agita ses papiers.

— Je crois bien, pourtant, qu'il est prévu que vous suiviez la course jusqu'à Dax... Tenez, regardez... L'hélicoptère vous attendra dans la cour de la sous-préfecture pour vous reconduire à Bordeaux.

Le Premier ministre soupira et se perdit, pendant tout le temps que dura le voyage, dans la contemplation des vertes immensités de la forêt landaise. Ses traits ne s'animèrent que lorsque le pilote, pour se poser sur la place d'Uza, effectua une manœuvre acrobatique autour du clocher de l'église.

La direction du Tour était alignée devant la mairie, tandis que tous les élus du canton, la bedaine barrée de tricolore, s'étageaient sur les marches du perron. Le chef du gouvernement malaxa quelques mains républicaines puis s'installa sur la banquette arrière

154 *Passages d'enfer*

de la XM décapotable du patron de l'épreuve, Félix
Viéto. La voiture fit demi-tour pour s'engager sur la
départementale, suivie par les motards de la sécurité
et la meute des journalistes en Yamaha et Suzuki.

Chaque jour, Félix Viéto recevait un invité de
marque dans sa Citroën qu'il n'hésitait pas à compa-
rer à une sorte de salon mobile. Il lui fallait s'adapter
aux personnalités antagonistes de ses hôtes, et l'exercice ne lui déplaisait pas, même s'il préférait se taper
sur les cuisses avec le Patrick Sébastien de la veille
plutôt que de marcher sur des œufs en compagnie du
deuxième personnage de l'État. Il décrocha le micro
qui lui permettait d'être en contact permanent avec la
tête de la course.

— Alors, où vous en êtes ?

Les amplis dissimulés dans les dossiers grésil-
lèrent. Une voix se fraya un chemin parmi les para-
sites et les ronflements de moteurs.

— Kilomètre 45, on file en ligne sur la départementale 652. Peloton groupé, rien à signaler.

Le cortège s'enfonça dans la forêt de résineux.
L'océan, proche, déposait sur les lèvres des voyageurs un léger parfum salé.

— C'est la première fois que vous venez sur une
étape du Tour ?

Alain Juppé cueillit les particules de sel du bout
de la langue.

— Non. Je me souviens que mes parents

m'avaient emmené sur son passage, en 1953... J'étais
encore un enfant et nous étions en vacances dans les
Pyrénées... Je ne suis pas sûr mais je crois qu'il
s'agissait de l'étape Cauterets-Luchon qui a été
gagnée par Jean Robic

Félix Viéto hocha la tête en se disant qu'il n'avait
pas fini de s'emmerder : la réponse sentait la fiche
ingurgitée le matin au petit déjeuner. Il décida de
poser quelques jalons pour marquer la frontière entre
l'énarchie et le bordel du Tour.

— Oui, vous avez raison... C'est l'année où a été
décerné le premier maillot vert... L'étape était très
courte, 105 kilomètres, mais bourrée de cols... Robic
a mis près de quatre heures à les effacer...

La carcasse du Premier ministre fut agitée par un
rire mesuré.

— Si tous mes collaborateurs connaissaient leur
domaine aussi bien que vous semblez connaître le
vôtre, le pays serait en meilleure forme... Nous rejoi-
gnons les coureurs à quel endroit, exactement ?

Le directeur du Tour se souleva sur son siège pour
regarder par-dessus la tête du chauffeur et pointa le
doigt vers la droite. Des immeubles blancs se décou-
paient entre les troncs des pins.

— À la sortie de Saint-Girons-Plage... Dans cinq-
six kilomètres...

La Citroën ralentit pour aborder un virage serré.
Le conducteur s'apprêtait à relancer le moteur quand

il aperçut les deux ralentisseurs qui encadraient l'entrée d'une école. Et c'est au moment où il réenclenchait la seconde pour franchir les « gendarmes couchés », sans chahuter les chefs du Tour et du gouvernement, qu'un type en survêtement rouge qui joggait sur le bas-côté bifurqua vers la voiture. Il prit appui sur le montant du pare-brise, sauta à l'intérieur pour atterrir près du chauffeur. Personne n'avait eu le temps de réagir qu'il avait déjà enjambé le siège et s'était installé à l'abri des regards, aux pieds des deux éminences. L'intrus était âgé d'une trentaine d'années, cheveux courts, rasé de près, l'air décidé. Il braqua un automatique noir sur le Premier ministre qui leva ridiculement ses mains près de ses oreilles.

— Si vous restez tranquille il ne vous arrivera rien...

La gueule obscure du Beretta dériva sur Félix Viéto.

— Vous allez boucler les ceintures de sécurité... Ça vous dissuadera de faire des mouvements brusques... Voilà, très bien... Vous êtes bien Félix Viéto ?

— Oui... C'est moi le directeur du Tour, et je me demande bien ce que tu es venu foutre là !

Pour toute réponse, son index blanchit sur la détente du pistolet. La détonation ne fit pas plus de bruit qu'un claquement de doigts, mais la balle traversa la portière de part en part.

— Je ne vous ai pas tutoyé, et je vous demande d'avoir la politesse de faire de même...

Félix Viéto voulut protester mais le clignement d'yeux implorant du Premier ministre le fit renoncer.

— Excusez-moi... Qu'est-ce que vous nous voulez ?

— À vous personnellement, rien. Et à vous non plus, monsieur Juppé...

Deux motards doublèrent la Citroën à vive allure et se placèrent au milieu de la route, à une centaine de mètres. L'homme décrocha le micro du directeur du Tour et le lui tendit.

— Je n'ai rien contre vous mais si on me provoque je n'hésiterai pas à vous abattre... L'un et l'autre. Dites à votre chauffeur de s'arrêter le temps que ces deux guignols libèrent le chemin, et ensuite je veux être en contact permanent avec la tête de la course.

Félix Viéto s'exécuta.

— Jean-Luc... Oui, c'est moi... Ça va... Je te passe quelqu'un qui veut te parler... Tu fais exactement ce qu'il te demande... Sans discuter...

Le joggeur approcha l'émetteur de sa bouche.

— Comme les mauvaises nouvelles vont infiniment plus vite que les bonnes, vous devez savoir que je tiens en otage, dans la voiture de direction, Félix Viéto et Alain Juppé...

Le directeur adjoint émit une série de « hein, hein » de confirmation.

— Le peloton se trouve à quel endroit ?

— Nous sommes au kilomètre 71, sur la départementale 652, et nous allons bientôt aborder les faubourgs de Léon...

— Et ensuite, à la sortie de Léon ?

— On prend la départementale numéro 16 pour rejoindre Dax...

L'homme fixa Félix Viéto dans les yeux.

— Changement de programme...

La voix résonna dans les baffles.

— Comment ça « changement de programme » ?

— C'est très simple : il vous reste environ cinq minutes pour prévenir le dispositif de sécurité que l'itinéraire est modifié. Le peloton ne quittera pas la départementale 652, et prendra la direction de Moliets-et-Maa à la sortie de Léon.

— Mais ce n'est pas possible ! Vous pouvez me passer M. Viéto ?

Le Premier ministre se manifesta et l'homme lui tendit le micro.

— Allô, monsieur Jean-Luc, ici Alain Juppé, chef du gouvernement français. Je vous demande d'obéir. Dans l'intérêt de la France...

Les gendarmes mobilisés sur le parcours prêtèrent main-forte aux commissaires de course, et le peloton, gagné par le doute, remit le cap sur le littoral, traversant de vastes zones boisées, dans l'indifférence générale. Les coureurs longèrent l'étang de Laprade, et c'est à l'approche du bourg de Messanges que le pirate du Tour se manifesta à nouveau.

— Dans cinq cents mètres, vous les dirigez sur la gauche, vers le village d'Azur.

La protection rapprochée du Premier ministre, réunie dans une Safrane qui roulait trente mètres derrière la Citroën, avait envisagé toutes les hypothèses d'intervention. Il résultait de leurs cogitations que le moindre écart pouvait être fatal au chef du gouvernement, et qu'il ne leur restait plus qu'à espérer une faute majeure du preneur d'otages. Ces conclusions furent rapidement remises en question quand l'un d'eux pointa son doigt sur le nom d'un minuscule village perdu dans l'immensité verte de la carte.

— Et si c'était là qu'il allait ?

Ils se penchèrent tous dans le même mouvement pour lire le nom du bled.

— Latché !

Le responsable du groupe replia la carte d'état-major.

— On ne peut pas courir ce risque... Si ce dingue pénètre chez Mitterrand en tenant le Premier ministre de son successeur sous la menace d'une arme, entouré de cent cinquante cyclistes en tenue, c'est la fin du monde... Il faut absolument trouver une ouverture d'ici là !

— C'est peut-être pas ce qu'il a dans la tête...

Le chef exprima l'avis quasi général.

— Le pire est toujours probable !

Puis il se tourna vers son adjoint.

— Tu vas demander à tous les hélicos de la Gendarmerie et de France-Télévision de se poser à Quartier-Caliot-Tustête, c'est à deux minutes d'ici... On a trois tireurs d'élite. Tu m'en places un dans chacun des coucous avec ordre de suivre la Citroën et de loger en permanence ce connard au centre de la cible... Compris !

Les coureurs roulaient groupés, au ralenti, le long de l'étang de Soustons quand les motards du Tour leur ordonnèrent de s'arrêter. Le directeur adjoint, qui venait de recevoir un message du preneur d'otages, grimpa sur le capot du tracteur d'un grumier garé au bord de la route.

— Je ne sais pas trop à quoi ça rime, mais je vais vous demander de ne pas poser de questions et de respecter très exactement les consignes que je vais vous donner... La vie de deux personnes en dépend... Je voudrais que Simonini, Gatéano et Berthier partent à mon signal et qu'ils sprintent en passant dans le village d'Azur. Juste derrière, ce sera à toi de filer, Jalabert... Tu devras les sauter en passant devant l'église et prendre une dizaine de longueurs d'avance. Ensuite vous défilerez tous à une allure soutenue et vous vous regrouperez à la sortie du village en attendant de nouvelles instructions. D'accord ?

Les coureurs hochèrent la tête, et les champions

rejoignirent le premier rang. La Citroën fit mouvement vers le peloton et s'arrêta à une quinzaine de mètres de celui-ci. Le joggeur ordonna au chauffeur de gravir une petite butte au sommet de laquelle le regard embrassait la ligne droite qui menait au village, l'église, ainsi que les vingt maisons qui se faisaient face le long de l'unique rue d'Azur. Au moment où Simonini, Gatéano et Berthier s'élançaient en se déhanchant sur leurs machines, les trois hélicoptères se stabilisèrent à une vingtaine de mètres au-dessus de la voiture du directeur du Tour. Les tireurs d'élite ajustèrent leurs lunettes de visée quand Jalabert donna ses premiers coups de pédale. Les trois champions jouèrent leur rôle avec conscience et jetèrent toutes leurs forces dans le faux sprint. Jalabert crut un instant qu'il ne parviendrait pas à refaire son retard sur Gatéano qui avait réussi à doubler Simonini à l'entrée du village. Le Français puisa dans ses ultimes ressources pour revenir à la hauteur de l'Italien et profita de l'effet d'aspiration pour se porter au côté de son éternel rival. Gatéano tutoya sa manette de freins à plusieurs reprises pour bien signifier à Jalabert qu'il lui accordait l'avantage, et le Français fit la différence alors qu'ils dépassaient une petite maison aux volets jaunes. La fenêtre du premier étage était grande ouverte. Le passage du coureur fit naître un ultime sourire sur le visage émacié d'un vieil homme assis dans un fauteuil.

Lorsque le peloton se mit en mouvement, à son tour, le preneur d'otages tendit le Beretta à Alain Juppé. Le Premier ministre regarda l'arme dans sa main, au comble de l'indécision. Félix Viéto ne se posa pas de question : il se jeta sur l'homme et le saisit au col.

— Mais pourquoi tu as fait ça ! Pourquoi !

Le joggeur haussa les épaules. La même lueur qui avait animé le regard du vieil homme passa dans ses yeux.

— Mon père habite là-bas, dans la troisième maison, après l'église... Il n'a jamais loupé un seul passage du Tour, de toute sa vie... Il est au plus mal, c'est une question de jours... Peut-être d'heures... Je voulais lui offrir ce cadeau...

Il ouvrit la portière et ses pieds foulèrent l'herbe jaunie agitée par les pales des hélicoptères.

Les trois coups de feu claquèrent à l'unisson.

Revue de presse

Une légère odeur d'alcool à brûler flottait dans l'escalier de l'ambassade quand A. en escalada prestement les marches pour accéder au bureau. Il poussa la lourde porte capitonnée au moment où la femme de ménage, une jeune Bambara originaire de Mopti, disparaissait vers le bureau vide de la secrétaire en traînant son aspirateur par le tuyau souple. La carcasse en plastique cogna sur les plinthes vernies. A. haussa les épaules. La réprimande agonisa dans un soupir. Au passage son doigt lissa machinalement quelques rayonnages de la bibliothèque, le plateau d'un buffet, le couvercle de la photocopieuse, à la recherche d'un voile de poussière oublié. Il contourna l'imposant bureau courbe, s'amusant à suivre les déformations de sa silhouette dans les reflets, et se laissa tomber sur le cuir souple du fauteuil.

A. ferma les yeux, quelques secondes, pour jouir du confort, puis il fit pivoter le siège grâce à une légère impulsion des reins. Le concierge avait,

comme à l'habitude, disposé le courrier sur deux
piles. Les lettres à gauche, les journaux et périodiques à droite. A. passa un élastique autour des
enveloppes avant de les placer dans une chemise à
rabat qu'il déposa dans un tiroir, au-dessus d'autres
chemises similaires. Un sourire s'installa sur ses
traits dès que ses mains s'attaquèrent aux films protecteurs qui emprisonnaient les journaux. Il connaissait pratiquement tout ce qui était imprimé, les quotidiens n'arrivant à Dakar que deux jours après leur
parution, mais pour lui la réalité devait s'inscrire en
noir sur blanc pour être vraie. Il parcourut *Le Figaro*,
lut en diagonale la page consacrée aux nouveautés
du Mondial de l'Automobile, feuilleta le numéro
du *Monde*, essaya de décrypter la nouvelle formule
de *Libération*, avant de déplier *La Croix*.

A. ne ressentait pas le besoin d'un dialogue
permanent avec les cieux. C'était un chrétien machinal que seuls les événements rythmant la vie de
ses proches conduisaient dans les nefs. Un mariage,
un baptême, un adieu... Il passa rapidement les
rubriques religieuses, et s'apprêtait à reposer le journal quand son regard fut attiré par la photo d'une
femme sans âge qui semblait hurler, assise au milieu
de cartons, sur le trottoir d'une capitale d'Occident.
Il dériva, gêné, sur le titre du dossier : « Vaincre l'exclusion. » A. parcourut l'article qui retraçait la chute
emblématique de l'inconnue. Le travail confisqué,

le couple disloqué, les huissiers, alchimistes du désespoir transformant la misère en or...

C'est tout juste s'il leva la tête pour un remerciement quand sa femme déposa une tasse de café près de l'ordinateur éteint. A. se leva pour ranger les journaux dans la grande armoire, sur les étagères marquées de leurs titres. Avant de sortir, il vérifia que les cassettes des divers répondeurs avaient encore assez de course pour les appels de la journée.

Les jours qui suivirent, A. se mit à ignorer les gros titres bouffeurs d'encre qui barraient les unes quotidiennes pour aller à la rencontre de tous ces gens de peu qu'on privait de l'indispensable. Restructuration, délocalisation, adaptation de l'appareil productif, compétitivité, rétablissement des marges... Il comprit petit à petit ce qui se cachait derrière le masque des mots.

Le matin du sixième jour, A. se décida à faire quelque chose. Il prit l'ascenseur qui menait directement du bureau aux sous-sols de l'ambassade, délaissa la Safrane et se mit au volant de la Renault 9 déglinguée qui pourrissait derrière un pilier. Il traversa les faubourgs de Dakar, slalomant entre les charrettes et les camions chargés d'arachide qui convergeaient vers l'usine oléifère et stoppa devant l'enseigne de la Société de Crédit.

L'employé de la banque lui sourit et fit glisser vers lui le livret d'épargne sans même prendre le soin de

vérifier son identité. Il préleva dans son bac une fiche
noircie qu'il modifia au crayon avant d'aligner sur le
guichet une liasse de billets défraîchis. A. se rendit
ensuite à la poste. La liasse fut engloutie par un autre
tiroir. Le petit rectangle de papier qu'A. reçut en
échange spécifiait que le versement était destiné au
journal *La Croix*, et qu'il devait être réparti entre les
hommes et les femmes dont les photos illustraient
l'enquête sur l'exclusion.

Le lendemain A. était recroquevillé dans le grand
fauteuil, relisant pour la dixième fois la lettre d'une
jeune femme publiée par le journal :

*Tête baissée, repliée sur moi-même, isolée, le
regard noir, je marche seule dans Paris, avec mes
pensées grises. Pas de sanglot, juste une petite
larme, cette goutte d'eau discrète, toute bête, mais
aux grandes conséquences... Pour qui réellement ?
Vous, eux, moi, toi ?*

Il n'entendit pas quand la porte du bureau s'ouvrit.
L'ambassadeur, de retour de vacances en France,
s'approcha et toisa son chauffeur.

— Eh bien, Ahmed, il ne faut surtout pas se
gêner !

— Oh, excusez-moi, monsieur... Je ne sais pas
ce qui m'est arrivé...

L'ambassadeur leva les yeux au ciel, puis installa
l'officialité de son postérieur sur le cuir républicain.
Il prit le journal qu'Ahmed avait laissé ouvert, dans

sa retraite, tourna quelques pages et dirigea la pointe de son Mont-Blanc vers les cases vierges des mots croisés. Il prit connaissance de la première définition : « Elle finit sa vie complètement gavée » et inscrivit, comblé, les trois lettres du nom « oie ».

Suivez la flèche

Février est un mois gris éléphant, un mois gris poulpe. Comme novembre, mais en pire. En novembre on sait qu'on en a pris pour quatre mois de col relevé, de chaussettes en laine et de slip molletonné : on ne se fait pas d'illusions, on se dit qu'on va s'habituer à subir les mines catastrophées du gillot décrépit de service. En février on recommence à espérer, on guette le bourgeon, la turgescence végétale, la remontée de la jupette, l'effacement du collant, et on est déçu, jour après jour, même si les calculateurs de calendriers ont eu la bonne idée de rationner le mois et de ne lui refourguer, trois fois sur quatre, que vingt-huit jours... Vingt-huit jours de trop !

Gabriel en était là de ses pensées alors qu'il remontait une avenue Ledru-Rollin battue par le vent sur le score d'au moins dix à zéro. Les bourrasques gorgées de grêle et de neige fondue courbaient sa longue carcasse, lui fouettaient le visage, avec cette sensa-

tion de brûlure sur les oreilles, et l'enseigne du *Pied
de porc à la Sainte-Scolasse* lui apparut aussi mira-
culeuse qu'un refuge de haute montagne pour un nau-
fragé des neiges. Il se secoua et vint se recroqueviller
sur la moleskine, près du plus gros des radiateurs.
Gérard avait déjà posé le double espresso, les deux
croissants rituels sur le plateau et les lui apportait
avec *Le Parisien* en prime, suivi à la trace par Léon,
le clebs miro, qui espérait bien taxer le Poulpe d'un
demi-sucre. Gabriel posa ses mains sur les parois
du bol, le nez dans les vapeurs de l'arabica, puis il
dépiauta une des viennoiseries tout en jetant un œil
discret aux nouvelles parisiennes et libérées. Le bordel quotidien vidait les stylos des journalistes : ça
s'effusait du nord au sud et de l'est à l'ouest entre
frères, entre cousins, quelquefois même entre enne-
mis. Quinze lignes discrètes, dans la litanie des faits
divers de dernière zone, attirèrent son attention :

SUICIDES AUX FLÉCHETTES

Les employés de recouvrement des
dettes de l'Office public des logements
parisiens ont retrouvé le corps d'une
femme, totalement momifié, dans un
appartement de la rue Hippolyte-Main-
dron (XIVe arrondissement). La mort
remonterait à huit mois, et la tempe

gauche du cadavre, assis sur un fauteuil, était transpercée de deux fléchettes. Mme Rigal, 37 ans, habitait à
cette adresse depuis une dizaine d'années et connaissait de très grandes difficultés matérielles selon les services
sociaux qui s'étaient vus dans l'obliga-
tion de lui retirer ses enfants en février
de l'année dernière. Les enquêteurs ont
retenu la thèse du suicide.

Gérard, qui lisait par-dessus son épaule, réprima
une grimace de dégoût.

— Il faut vraiment être encore plus loin que le
bout du rouleau pour se flinguer en se plantant une
fléchette dans la tempe !

— Pas une, deux ! Relis l'article... Si le baveux
ne s'est pas trompé, j'ai bien l'impression qu'il y a
un os...

La ville tibérienne avait lancé de l'Habitation à
Bon Marché sur la ruelle Maindron, célèbre pour
avoir abrité, jadis, l'atelier d'Alberto Giacometti. Le
Poulpe s'approcha d'un déclassé qui gagnait
quelques sous en nettoyant au jet les poubelles de la
petite cité. L'homme qui se faisait appeler Arago le
guida jusque sous les fenêtres de la suicidée. Les
carreaux graisseux et poussiéreux avaient été la cible
de tirs de cailloux, et plusieurs d'entre eux étaient

étoilés ou brisés. Gabriel s'assit sur le tourniquet de
l'enclos réservé aux enfants et s'aperçut qu'il était
assez facile d'accéder au balcon du premier étage en
se hissant sur un poste-relais E.D.F. Un peu avant
midi, à la sortie des classes il observa un groupe de
mômes qui s'amusaient à escalader un muret en
meulière, ultime vestige du Montparnasse d'avant. Il
repéra le plus déluré des écoliers, un petit râblé de
dix ans à la gueule d'ange. Il attendit qu'il soit seul
pour l'aborder alors qu'il s'apprêtait à entrer dans
le hall d'un des immeubles.

— Salut. Tu la connaissais, Mme Rigal, la femme
qui s'est suicidée ?

Il haussa les épaules en laissant fuser un « non »
presque inaudible et tenta de se lancer dans l'escalier. Le Poulpe le rattrapa par la manche.

— Je t'ai posé une question... Tu la connaissais,
oui ou non ?

— Vous êtes flic ?

— Non... Je ne suis rien du tout... Je lis le journal,
et quand il y a des choses qui me paraissent bizarres,
je viens jeter un coup d'œil... Je t'ai regardé, tout à
l'heure, tu te débrouilles bien à l'escalade... Tu as
déjà fait de la varappe ?

— Oui, à Fontainebleau.

Le Poulpe ébouriffa les cheveux du gamin.

— Pas que là... Je suis certain que tu es monté
chez la mère Rigal, par le relais électrique, non ?

Le gosse planta son regard dans celui de Gabriel.

— Comment vous le savez ?

— Tu as vu la longueur de mes bras, de mes jambes : à ton âge j'étais champion à ce jeu-là... Alors, qu'est-ce que tu as vu quand tu es rentré chez elle ?

— Vous ne direz rien à personne ?

— Je te le jure : c'est juste pour comprendre.

— On était trois, il y a de ça deux mois... On a fait comme vous avez dit et on est entrés chez Mme Rigal. Tout était vide, il y avait des jouets et on s'est amusés avec jusqu'à ce qu'on remarque qu'il y avait un mannequin assis sur un fauteuil... Un mannequin, monsieur, on ne pouvait pas savoir... On a pris des fléchettes qui traînaient avec les jouets et on a commencé à faire un concours en tirant sur le mannequin... Gérard en a placé une dans la tempe, et c'est quand j'ai réussi à planter la mienne qu'il y a eu du bruit, dans l'escalier... On est partis par où on était venus... On ne savait pas que c'était Mme Rigal, sinon on ne l'aurait pas fait...

En repartant vers l'arrondissement voisin, le Poulpe mit un terme aux pensées déprimantes qui lui plombaient le crâne depuis le début de matinée : « Ce putain de mois de février n'aurait jamais dû exister ! »

Pont de Stains

Peu à peu Paris s'évide, s'éviscère. La ville défile derrière le pare-brise de mon taxi. J'observe, il n'y a que ça à faire. Après les usines lourdes, les abattoirs, les artisans, le Sentier s'exile peu à peu en péri-féerie. Une ville, close la nuit au moyen de barrières métalliques coulissantes, s'est insinuée derrière les façades crénelées des antiques magasins généraux d'Aubervilliers.

Pakistanais, Turcs, Juifs, Yougoslaves, refédérés par la mise en forme du tissu, piquent et surpiquent, ourlent et doublent, alignant chemises ou caracos sur des tringles à roulettes couinantes qu'un aide au noir enfourne à l'arrière d'une camionnette. Chaque matin les petits patrons viennent louer quelques paires de bras au marché des clandestins qui se tient près du tabac. La Chapelle tire ses prix au plus injuste, pour faire la nique à Formose. J'en charge quelquefois, de ces négriers satisfaits, et je mets la radio à fond pour décourager les conversations. Je pense à la môme.

Des temples élevés à la gloire de l'Usine à Rêve parsèment le territoire de Fringue-City. Tous les cartonneurs d'audimat se sont payé d'anciens entrepôts à charbon, à grains, à café, branchés aux darses du canal Saint-Denis qui donnent encore au secteur ces airs de Venise prolétaire.

Air-Prod, Case-Prod, Glem-Prod. Prodigalité bien observée commence par soi-même... On a refait les façades à la mesure de l'ego du chef. Un faux juke-box de dix mètres de haut, dégueulant de vert guimauve, de rose guimauve, de jaune guimauve. On y entre, le cœur au bord des lèvres, par la fente du disque, du tube, pour qu'il soit bien clair qu'on s'y fait entuber. Les machinos déguisés en extraterrestres, casques audio, micros-tiges, ont remplacé les portefaix ; les murs sur lesquels s'appuient les décors sucrés d'Hélène et les Garçons exhalent encore le parfum poivré des épices rares amassées par les fillettes indiennes. D'éphémères Nagui, des Arthur virtuels, des Foucault liftés viennent justifier leurs bonnes fortunes et grimacent, sourient sous les sunlights, empochant l'équivalent d'une redevance à la seconde. Ils repartent au petit matin, par le périf attenant libéré de ses hordes de pendulaires, et rejoignent en dix minutes de Porsche les banlieues sans mémoire ni étés chauds de Neuilly, du Pecq, du Vésinet.

Je me souviens du premier studio qui s'est installé dans le coin. C'était il y a une quinzaine d'années, au tout début des radios libres légales. Une antenne avait poussé au-dessus de la verrière d'un atelier de réparations automobiles. Le fils du taulier, radioamateur, avait décidé de se lancer dans l'aventure de la communication, et le petit appartement qu'il occupait au deuxième étage du pavillon familial s'était transformé en studio. La fréquence émettait tous les soirs, à partir de vingt heures, sur une grille des plus simples : antenne ouverte aux auditeurs et musique rock. L'émetteur arrosait une bonne partie du nord de Paris, et la banlieue de Vincennes à Nanterre. Je tombais de temps à autre dessus, au volant de mon taxi, en baladant le curseur de l'autoradio dans la jungle des prises de parole. Plus l'heure avançait, et plus les deux animateurs qui se relayaient au micro se coltinaient toute la misère du monde. Ils gardaient le moral en orientant côté cul les confessions des auditeurs qui se prenaient trop la tête, et j'observais celles des clients, dans mon rétroviseur.

Un matin, vers trois heures, je remontais à vide après avoir déposé un client près des Quatre-Mille de La Courneuve, tout en écoutant la fréquence du garagiste qui diffusait une longue plage musicale. Un live des Stones, en intégral. Je traversais toujours le pont de Stains en jetant un œil au toit de la basilique qui surfait, au loin, sur les eaux du canal, avant qu'ils ne censurent le point de vue avec le viaduc de la A86. Je plongeais sur la porte d'Aubervilliers, filant entre les dépôts de merdouille des soldeurs, quand une môme s'est jetée dans le faisceau des phares de la Peugeot. J'ai écrasé le frein et mangé le volant, du bout des dents. Le capot est venu mourir contre son ventre. Je n'ai même pas eu le temps de descendre : elle avait déjà fait le tour de la voiture et ouvert la porte avant, côté passager. Je ne sais pas à quoi elle pouvait ressembler quand les hématomes ne fermaient pas ses yeux et que le sang ne dégoulinait pas de sa bouche fraîchement édentée. Elle n'était pas assise qu'elle me hurlait de démarrer. Je me suis engagé sur le périf, et j'ai roulé à fond la caisse jusqu'à la station-service de la porte de Champerret. Je me suis arrêté sous un lampadaire, sous prétexte de faire le plein de gazole, et j'ai essayé de la regarder en face.

— Je ne sais pas qui tu es, d'où tu viens, ni qui a bien pu te faire ça... Je suis prêt à t'aider, mais il faut que tu m'éclaires...

Elle a reniflé et fini la boîte de Kleenex que je lui avais fourrée dans les mains, pendant le trajet. J'ai posé une main sur le genou de son jean, par réflexe, et c'est tout juste si elle n'a pas flingué la portière en faisant un bond de côté.

— Écoute : je suis taxi, je bosse, et cette bagnole c'est mon usine, mon bureau, mon commerce... Je ne peux pas me permettre de jouer avec... Ho, tu comprends ?

À cet instant précis le morceau des Stones s'est achevé et la voix suave de l'animateur habituel a envahi l'habitacle. Sa terreur a redoublé, et elle s'est mise à trembler. Les premiers mots qu'elle a prononcés ont été : « Éteignez cette radio, pour l'amour de Dieu ! », et jamais personne ne m'avait supplié avec autant de sincérité. J'ai compris que ce n'était pas à moi d'avoir peur. J'ai tourné le bouton et avancé la Peugeot hors du halo avant de sortir la Thermos de café. Elle s'est nettoyé la bouche avec la première gorgée qu'elle a recrachée par la fenêtre. Les phrases sont venues, bien plus tard, entrecoupées de silences, alors que le premier soleil rosissait le Sacré-Cœur.

— J'habite Gennevilliers... Il n'y a rien qui va, dans ma vie... Une famille de merde, un boulot de merde, une cité de merde... Mon seul truc, enfin le seul truc qui m'aide à tenir, c'est la radio... Quand j'écoute, les gens, ils sont pareils que moi, pareils... C'est comme des frères... Surtout la Radio du Garage... Je passais la moitié de la nuit l'oreille collée à ce qu'ils disaient... Je parlais à l'antenne, quelquefois, quand ça allait trop mal... Vers minuit, tout à l'heure, j'en pouvais plus... J'ai essayé de les joindre au téléphone, mais c'était toujours occupé... Je me suis décidée à venir les rencontrer... Le métro m'a laissée à la Chapelle, et j'ai fait le reste à pied... Je ne croyais pas que c'était si loin... J'étais presque arrivée, je voyais l'antenne quand deux types me sont tombés dessus... Ils m'ont frappée, à moitié assommée avant de me violer, là, sur les berges du canal...

J'ai baissé les yeux, je lui ai tendu la Thermos.

— Tu veux qu'on aille chez les flics ?

— Non... Je voudrais que vous me rameniez à Gennevilliers... J'ai de l'argent à la maison, je vous paierai en arrivant...

Je l'ai laissée au bas d'une H.L.M. plantée au bord d'une zone industrielle, à deux cents mètres d'une Seine cafardeuse. Un premier bus trimbalait ses lumières blafardes le long d'une avenue rectiligne. Je l'ai regardée pousser la porte d'un hall aux murs flanqués de boîtes aux lettres fatiguées. Elle s'est retournée pour me faire signe qu'elle allait redescendre, avec l'argent de la course. J'ai démarré sans l'attendre.

Et cela fait maintenant quinze ans que je pense à elle quand, par habitude, dans mon tacot, j'ouvre la radio.

Solitude numérique

Le pire, si Martine y réfléchissait, c'est que c'était elle qui avait enclenché le processus en lui offrant tout le matériel et l'abonnement à Gold-Sport, deux ans plus tôt pour son anniversaire... Et quand elle voulait être sincère, elle arrivait à s'avouer qu'elle avait une idée derrière la tête en choisissant ce cadeau : le retenir à la maison, samedis soir et dimanches après-midi tout au long de la saison footballistique. Le couper de toute cette bande de supporters assoiffés qui lui volait ses week-ends. Elle le revoyait qui déballait la parabole, plus heureux encore que le gamin qu'elle imaginait, agenouillé près du sapin de Noël devant son premier vélo. Ils avaient passé deux jours entiers à déterminer le meilleur angle de réception, puis à installer la coupole sur le toit du pavillon, à régler la monture polaire motorisée afin de capter aussi bien le satellite Astra qu'Eutelstat. Régis, qui déprimait dès qu'il fallait changer le sac de l'aspirateur ou nettoyer le filtre du lave-vaisselle, se révéla un pilote hors pair dans la conduite du numérique. Les caractéristiques des décodeurs Vidéocrypt et Syster n'eurent plus de secrets pour lui, de même que les signaux oscillants, les angles d'azimut satellitaires, les Puissances Isotropes Rayonnées Équivalentes ou l'activation des circuits de clamp ! Il se mit à parler une langue dont elle perdit rapidement la grille de décryptage, où il était question de « source duo-bloc », de « réchauffeurs souples », de « doublement de câble coaxial », de « polariseur mécanique », sans même tenir compte des « Low Noise Block » et autres « Duobinaire Multiplexed Analog Components » ! Ils ne s'adressèrent plus la parole qu'en de rares occasions, entre deux retransmissions. Le plus souvent elle dormait, quand il venait se coucher, gavé d'émotions. Un an plus tard, c'est lui qui lui fit un cadeau : la première parabole fut rejointe par sa sœur presque jumelle afin de détecter les signaux d'autres satellites évoluant plus à l'est ou plus à l'ouest. Au lieu de suivre les péripéties d'un match P.S.G.-Auxerre sur le plastique froid des fauteuils du Parc, Régis pouvait assister, confortablement installé sur son canapé, en direct aux matches de championnat d'Indonésie, de Colombie, de Chine, se tenir au courant, heure par heure, du goal-average de la troisième division camerounaise, vibrer aux tirs au but d'une finale amateur disputée au fin fond de la Finlande. Le budget consacré aux abonnements atteignait maintenant celui du loyer. Le quatrième décodeur, une merveille permettant également de compresser les images, de les stocker sur vidéodisques tout en regardant un autre programme, arriva dans le salon débordant d'électronique pour le deuxième anniversaire de l'abonnement à Gold-Sport. Martine fit une ultime tentative pour renouer le dialogue avec Régis en lui apportant son habituel plateau-repas. Il lui fit signe de se taire, de la main, absorbé par le ralenti séquentiel qu'il venait de programmer sur une antique lucarne de Platini dans un but italien. Elle traversa le jardin, sortit l'échelle double du garage pour aller l'appuyer contre l'arrière du pavillon. Parvenue sur le toit, elle vint se placer à genoux entre les deux paraboles dans lesquelles, pour qu'il l'entende enfin, elle se mit à hurler son désespoir.

La table de la veuve

J'ai beau me dire que c'est idiot, mais je ne peux m'empêcher de penser que si je n'avais pas trompé Mireille, cette nuit-là, elle serait encore en vie...

Je trace des figures dans le sable, et toutes les images, toutes les émotions me reviennent.

Environs de Folkling, juin 1996
Je me souviens du drôle de choc que ça m'a fait de revoir Belinda trente années après notre séparation. Le soleil s'est glissé entre deux nuages quand elle a ouvert la portière de la voiture, et la lumière a fait briller ses cheveux de jais. Son corsage rouge s'est épanoui au centre de la cour de ferme. Mireille se tenait près de moi. Elle s'est penchée à mon oreille.

— On dirait que c'est Belinda. Tu ne vas pas l'accueillir ?

J'ai respiré profondément avant de me mettre en marche. Mes semelles raclaient les pavés inégaux. L'impression d'être transformé en automate... Elle s'est arrêtée pour me laisser venir à elle, m'a fixé de ses yeux noirs, intenses, l'ombre d'un sourire aux lèvres. Elle a posé ses mains sur mon cou, sa bouche sur mes joues, ses cils ont effleuré les miens, et j'ai su que j'étais perdu. D'autres voitures ont franchi le porche. Je me suis dégagé de son étreinte pour guider les nouveaux arrivants vers le petit pré que nous avions aménagé en parking. À midi, la centaine d'invités occupait la cour, le jardin, les dépendances de la propriété de campagne proche de Forbach que nous avaient prêtée de lointains parents de Mireille installés en Afrique. À chaque pas, je me cognais à mon passé. Mireille avait épluché tous mes vieux carnets d'adresses afin de dresser la liste de ceux dont elle jugeait la présence indispensable pour fêter mon demi-siècle ainsi qu'une mention « excellente » à un doctorat d'État intitulé : « Écrits sur le sable et transmission des mythes océaniens »... Des voyages incessants m'avaient fait perdre tout contact avec mes amis d'enfance, mes condisciples de lycée, d'université, mes collègues de la faculté. Je fréquentais maintenant davantage de monde sur les îles Banks, à Port-Vila, à Maewo ou Erromango que sur tout le territoire national. J'avais du mal à mettre un nom sur chacun des visages qui se présentaient. Je leur souriais en attendant qu'ils se dévoilent. Comment reconnaître, dans ce type strictement habillé d'un trois-pièces gris notaire, le batteur déluré des

Silver Sky's qui s'imaginaient reproduire à la per-
fection les standards des Stones, dans le local de
l'amicale des locataires de la cité Crèvecœur ? Noyés
par l'embonpoint, les muscles courts de celui qui
rêvait de faire carrière comme avant-centre, à Saint-
Étienne... Éteint le feu qui consumait le regard de
cet autre qui ne pensait que par cadrages, zooms et
travellings moraux... La vie s'était chargée de les
mettre au pas. J'avais choisi de partir au-delà des
mers pour éviter ce naufrage, mais leur image
m'était comme un reflet... Je me rendais compte que
seule m'importait cette tache rouge, esquif ondulant
au milieu de la petite foule rassemblée en mon honneur. Belinda, nom d'île...

Pierre, en revanche, n'avait fait que vieillir. Du
gris dans les boucles, des plis sur le front. Je me
revoyais, mort de trouille à ses côtés, quand il faisait
sa razzia de 45-tours dans les bacs du Prisunic,
enfournant les hits des Beatles, des Animals, des
Procol Harum, dans la poche secrète qu'il avait aménagée au revers de son imper. Quinze ans plus tôt,
lors d'un colloque sur l'art océanien à la bibliothèque Bernheim de Nouméa, j'étais tombé sur son
portrait encadré en première page du *Hoseki Shinbun*
que lisait un collègue japonais. Il avait eu la gen-
tillesse de me traduire l'article. Trois Français, dont
Pierre, venaient d'être arrêtés à Tokyo alors qu'ils
négociaient la revente à un discret collectionneur

d'une dizaine de dessins d'Ingres subtilisés quelques
mois auparavant à Paris, au musée Marmottan.
Quand il me tendit la main, je ne pus m'empêcher de
lui lancer :

— Alors, Pierre, toujours dans le commerce
d'œuvres d'art ?

Il se contenta, en réponse, d'un « toujours » aussi
affirmatif qu'ironique. Je rejoignis Mireille près des
broches où rôtissaient un agneau et un porcelet.

— J'ai l'impression que cela se passe bien... Tout
le monde est arrivé ?

Elle emplit une louche de graisse bouillonnante
pour arroser les bêtes.

— Oui, sauf ton neveu, Sylvain. Il a laissé un
message sur le répondeur. Une crise de sciatique, et
sa femme ne sait pas conduire... À part ça, on a de la
chance qu'il fasse aussi beau. On va pouvoir manger
dans la cour, comme prévu... Tu peux t'occuper
d'installer les tables et les chaises ?

Je recrutai une dizaine de courageux. Nous nous
mîmes en devoir de vider les différentes pièces de la
ferme pour disposer leurs meubles en forme de fer à
cheval. Francis, un agrégé d'histoire grecque qui
n'en revenait toujours pas d'enseigner à la Sorbonne,
mit la main sur quelques bancs de messe et trois prie-
Dieu qu'il aligna le long des tables. Je montai sur un
tabouret pour évaluer le nombre de places dispo-
nibles.

— Quatre-vingts... Quatre-vingt-cinq maximum...

Belinda sortit à cet instant, les bras chargés de nappes, de dentelles. Je demeurai perché, immobile, la regardant déplier le lin, le métis, le coton avant de le lancer dans la lumière comme un filet au-dessus des vagues. Pierre claqua sa paume sur ma cuisse.

— Ho, redescends sur terre ! J'ai cru voir des planches et des sortes de tréteaux, là-bas, dans la grange... On devrait pouvoir compléter le banquet sans problème...

Je l'ai pris par l'épaule tandis que nous dépassions le parking provisoire.

— Je suis sincèrement content de t'avoir revu... Ce n'était pas trop dur la prison ? Tu as fait combien, dix ans ?

Il s'est arrêté pour me faire face.

— Dix ans ? Tu es fou ! Les Japonais m'ont extradé, et j'ai pris trois ans dont j'ai purgé une petite moitié, à Fresnes...

— Tu devais avoir un excellent avocat...

Il a éclaté de rire.

— Le meilleur de tous : un dénommé Monet !

— Monet, comme l'impressionniste ?

Il m'a pris par l'épaule et m'a entraîné vers la grange.

— Je te parle justement de lui, de Claude Monet... Quand on a fait le casse du musée Marmottan — entre parenthèses, un vrai jeu d'enfants, pas de

grilles, pas de système d'alarme — on a ramassé les
fusains d'Ingres et quelques autres babioles, dont un
Monet... Je l'avais placé en lieu sûr : un gage, une
assurance sur l'avenir... Quand je me suis fait serrer,
j'ai fait savoir à la direction des Musées nationaux
que j'étais disposé à restituer *La Seine à l'île Saint-
Denis*, et la République, bonne fille, est intervenue
auprès du ministère public qui a fait un geste en
retour...

Il m'aida à pousser les lourds battants dont la base,
effondrée, labourait la terre durcie. En fait de tréteaux, il s'agissait de croisillons destinés à supporter
des barriques, bien trop bas pour dresser une table.
Les quelques planches adossées au mur provenaient
d'un échafaudage, et le bois se hérissait d'échardes,
de clous. Tandis que Pierre tournait autour d'une
vieille Motobécane, je soulevai le coin d'une bâche
qui recouvrait tout un déménagement. Une cuisinière,
une armoire, une télé, un guéridon, un cosy-corner...
Je dégageai une série de chaises en bois de pin verni,
assise paillée, et les disposai devant la grange.

— Tu peux venir me donner un coup de main, je
crois que j'ai trouvé de quoi nous dépanner...

Il me rejoignit et escalada le mobilier pour tirer la
toile sur le côté, découvrant deux pieds de table
façonnés au tour et peints en rose tendre. Les deux
autres disparaissaient, cinq bons mètres plus loin,
derrière un amoncellement de cartons. Francis

l'agrégé et Bernard-André, le cinéaste rentré, montrèrent leur nez alors que nous finissions de déblayer le meuble de sa gangue. La table semblait peser des tonnes, et ils ne furent pas de trop pour nous aider à la remettre sur ses pattes, puis à la tracter jusque dans la cour. L'arrivée de notre équipage fut saluée par des applaudissements. On se pressa de toutes parts pour la dépoussiérer, la caler au centre du fer à cheval... Je m'aperçus qu'une feuille de bois avait été clouée sur le plateau déjà épais de la table, et que cette pièce rapportée bâillait légèrement par endroits. Je tendais la main vers l'un de ces interstices quand Belinda, d'un geste ample des deux bras, lança une voile vers le ciel. Le tissu vaporeux se gonfla, moutonna en retombant. Elle le lissa des doigts, des avant-bras, comme on nage, et j'oubliai instantanément cette fente dans le bois. Une chaîne s'improvisa depuis la salle à manger pour apporter les couverts, les plats, les bouteilles, puis ce fut au tour de Mireille d'entrer dans la danse. Elle avait consigné la place de chacun sur les pages centrales d'un cahier d'écolier, et son idée de séparer les couples souleva les sarcasmes. Il fallut qu'elle se batte pour l'imposer.

— Si vous restez ensemble, ça va parler boutique ! Aujourd'hui c'est l'occasion où jamais de prendre des risques... On se décale...

Elle prit soin de disperser les veufs, les divorcés, les inconsolés, pour ne pas que se forme l'habituel syndicat du malheur, et fit sauter le bouchon de la première bouteille de champagne. Elle emplit une coupe et vint la poser devant moi, au centre de la lourde table. Je pris le verre, promenai mon regard sur les visages en enfilade, m'humectai les lèvres.

— Je crois que j'aurais dû écouter Mireille quand elle me conseillait d'écrire un projet de discours... Je faisais le fanfaron, je lui répondais que j'avais tout dans la tête, au clair. On ne doit jamais être trop sûr de soi. Je suis tellement intimidé et heureux de vous avoir tous devant moi, aujourd'hui, que je ne trouve plus les mots... Le mieux, c'est d'ouvrir les autres bouteilles et de...

Je fus interrompu par Belinda.

— Non, je ne suis pas d'accord. Tu n'as pas le droit de t'en sortir aussi facilement. Nous sommes venus jusqu'ici pour te voir et t'écouter... Tu ne peux pas te défiler !

Les mains se saisirent des couverts avec un bel ensemble, et tous se mirent à scander « Un discours, un discours »... Je laissai le tumulte prendre de l'ampleur puis refluer, avant d'acquiescer à la demande.

— Je vis en permanence aux antipodes, dans des pays minuscules où, il y a peu encore, les hommes ne connaissaient pas les livres. Quand je suis arrivé là-bas, je pensais que seule la parole leur permettait de transmettre leurs émotions, leurs désirs, leur culture, leur histoire... C'est pour cela que j'aurais des difficultés à me trouver une excuse pour ne pas vous parler... Au début, je notais tout ce que j'entendais dans de petits carnets, jusqu'au jour où, sur une plage de Vanua Lava, j'ai vu un vieil homme qui traçait des dessins géométriques dans le sable, à l'aide d'une branche de niaouli. Les figures, toujours doubles, naissaient à une rapidité extrême, et il ne cessait de prononcer une sorte de discours incantatoire auquel je ne comprenais rien. Je suis revenu l'observer, pendant des semaines, et j'ai fini par grappiller quelques informations. Ce sont elles qui sont à la base de ce travail à propos des écrits sur le sable et la transmission des mythes océaniens...

J'ai quitté ma place pour me diriger vers le portique où se balançaient des enfants. J'ai ramassé une baguette de noisetier au passage et me suis installé près du bac à sable dont j'ai égalisé la surface, le temps que tous les invités fassent cercle autour de moi. Quand le silence s'est fait, j'ai griffé le sable de la pointe de la baguette pour bâtir une grille. J'ai fermé les yeux, et l'histoire a empli ma mémoire. D'un trait, sans jamais lever le bois ni revenir sur un même point, j'ai dessiné la légende du rat blotti dans le fruit à pain.

— Ces traces symétriques sont toujours une évocation de l'univers sacré, des légendes fondatrices, des figures des grands ancêtres. C'est par leur truchement que les mystères du monde des esprits, du monde des morts, sont transmis aux vivants. Autrefois, les jeunes garçons qui atteignaient l'âge de sept ans étaient initiés, et ils parvenaient à retenir près d'une centaine de dessins en arrivant à l'âge adulte. Certaines figures sont encore nécessaires pour qu'un disparu trouve la route des morts, le *nahal*, et que son âme n'erre pas indéfiniment d'île en île... Et il suffit qu'un coup de vent efface le sillon pour que le malheur s'abatte sur le clan...

L'ombre de Mireille a obscurci le sable.

— Tu vas tous nous rendre neurasthéniques ! Moi aussi, je me suis promenée sur les plages du Vanuatu, et des femmes m'ont dit que le sable racontait aussi des histoires d'amour, des histoires drôles...

Francis a tenté de relancer l'air des lampions, mais cela n'a pas pris. Je me suis accroupi pour effacer du plat de la main le rat blotti dans le fruit à pain. La baguette s'est tordue quand j'ai fortement marqué mon point de départ.

— Le premier scientifique à s'être intéressé à ces écrits éphémères est un anthropologue anglais, Bernard Deacon. Il en a collecté plus d'une centaine au cours du premier quart de ce siècle... Celui-ci lui appartient, malgré mes recherches je n'ai jamais rencontré personne qui le possède... C'est une légende de l'île de la Pentecôte, appelée *sisis non atsi kavet,* ce qui signifie à peu près « figure réalisée par quatre hommes »...

J'ai tracé le premier élément, sur la droite du bac à sable.

— Un homme marche sur la piste qui domine son village. C'est un chef. Il part chasser et abandonne les siens pour de longues journées. Il s'arrête près des trois pins colonnaires, regarde les cases, et il ébauche ce dessin qu'il abandonne derrière lui.

La pointe du bâton n'avait pas quitté l'esquisse, et j'ai poursuivi ma construction géométrique.

— Un deuxième homme a pris le même chemin, pour les mêmes raisons, des heures plus tard... Attiré par les traces, sur le sable, il a reproduit le dessin à l'identique, sur la droite, à la manière d'un reflet dans un miroir, puis il s'en est allé. Un troisième homme est venu, qui a renversé le motif en bas, à gauche, puis un quatrième qui a parfaitement achevé la symétrie. La nuit est passée, et au matin un tout jeune homme, le cinquième, est venu. Il est demeuré des heures entières devant le dessin, incapable d'ajouter le moindre trait, tellement l'équilibre en était achevé.

Je me relevai, et de la pointe de ma chaussure je brouillai la périphérie de la composition.

— De rage, il a effacé le contour, ne laissant visible que la partie centrale. À la tombée de la nuit, le lendemain, le premier homme est repassé, les épaules chargées d'un cochon sauvage, de deux roussettes. Il fait une halte près des trois pins colonnaires, mais soudain son regard ne parvient plus à se détacher du très simple motif inscrit dans le sable du chemin. Il le piétine, laisse là son gibier et traverse le village dans une colère terrible, demandant à chacun qui avait réalisé le dessin. À peine le jeune homme s'est-il désigné que le chasseur lui fracasse le crâne d'un coup de hache de jade. Personne ne sut jamais qu'une force obscure s'était frayé un chemin dans l'esprit de ces cinq hommes, et que le motif qui est à mes pieds reproduisait fidèlement le tatouage le plus intime de l'épouse de ce chef de l'île de la Pentecôte...

Les applaudissements et les rires éclatèrent. Mon succès fut presque total : seule Belinda ne témoignait pas de sa joie. Elle s'approcha de moi, alors que tous refluaient vers les tables, et sans un mot, de la pointe du pied, elle abolit les ultimes traces de la légende.

Les vestes tombèrent, la fête s'installa. Francis et Bernard-André se découvrirent des vocations de boucaniers. Couteaux et broches aux poings ils dispersèrent l'agneau et le cochon de lait dans les assiettes. Mireille officiait comme disc-jockey. Elle avait sélectionné les plus grands slows des trente dernières années, et les passait un à un en demandant aux couples qui s'étaient rencontrés sur la mélodie d'aller esquisser quelques pas de danse. *Daniela* des Chaussettes noires précéda *Michele* des Beatles, qui fut suivie des *Aline* de Christophe, *Claudette* de Roy Orbison, et *Bernadette* des Four Tops... Belinda se leva dès le premier

accord du *Sunny* de Bobby Hebb, et je me plaquai
contre son corsage rouge.

Un premier groupe, les parents chargés d'enfants,
reprit la route quand le soleil fut assez bas pour toucher les collines, puis les départs s'espacèrent jusqu'à la nuit tombée. Dix personnes s'étaient résolues
à dormir dans la ferme pour regagner la région parisienne dans la matinée. Il y avait longtemps que je
n'avais pas bu autant de champagne, et je ne me
souvenais plus que les bulles chassaient le sommeil.
Je me relevai. La pleine lune faisait tomber sur le
paysage cette lumière irréelle que les cinéastes disent
« nuit américaine ». Tout avait été débarrassé, et ne
subsistaient dans la cour que quelques chaises et
l'immense table au piètement rose. Je m'en approchai, la longeai en laissant ma main frôler le bord du
cadre. Mes doigts rencontrèrent le petit jour séparant
le meuble de la feuille de bois qui recouvrait son
plateau. J'essayai de les séparer, en vain, le cloutage
était trop dense. Un rapide inventaire des outils qui
traînaient dans la buanderie me permit de trouver un
vieux démonte-pneu de camion dont j'insérai l'extrémité aplatie dans l'interstice. Les premiers clous
se soulevèrent en grinçant, et je tournai autour de la
table, effectuant la même manœuvre de levier tous
les cinquante centimètres. Je m'apprêtai à arracher
cette sorte de couvercle quand une voix venue du ciel
me fit sursauter.

— Tu veux que je t'aide ?

Je me retournai. La silhouette de Belinda se découpait dans l'encadrement d'une fenêtre d'étage, les épaules enveloppées d'un châle noir. Je me fis la réflexion que n'importe qui m'aurait demandé pourquoi je martyrisais une table au démonte-pneu à quatre heures du matin, et qu'il n'y avait qu'elle pour trouver cela normal au point de vouloir y participer. Je levai la tête.

— Tu viens... Qu'est-ce que tu attends ?

J'allai au-devant d'elle, et la reçus dans mes bras au bas de l'escalier. Le halo noir de ses cheveux soulignait la pâleur de son visage, la vie sur ses lèvres. Je me laissai envahir par la tiédeur de son souffle, la douceur de sa peau. Elle trouva juste la force de dire : « Il ne faut pas rester ici. » Je l'entraînai vers le salon. Au mur, encadré, un officier peint regardait le plafond et le lustre.

Le jour s'installait, sans ombre, quand je retournai dans la cour. Belinda prit place à l'un des petits côtés de la table, face à moi, et nous soulevâmes le bois rapporté, découvrant une surface granuleuse, du même rose que les quatre pieds, mais creusée d'alvéoles, hérissée de morceaux de fer... Elle écarquilla les yeux.

— Qu'est-ce que c'est ? Tu savais qu'il y avait cela en dessous ?

Je passai la main sur les aspérités.

— Non... J'étais intrigué par le poids de cette table... Je voulais comprendre... On dirait qu'ils ont coulé un voile de ciment dans l'encadrement, et qu'ils ont ensuite moulé des objets...

Je grimpai sur une chaise pour surplomber tout le plan, et les creux révélèrent leur signification.

— C'est très bizarre... Ce qui est imprimé, en creux, ce sont des formes de pistolets, de revolvers, de mitraillettes, de grenades... Et entre chaque trace d'arme, on voit affleurer une sorte de fer à béton... Cela n'a aucun sens...

Belinda se hissa à son tour sur un siège.

— Tu as raison, c'est vraiment curieux... La première idée qui me vient à l'esprit, c'est le western... On dirait une de ces tables de poker, dans les films à la John Wayne, quand les joueurs déposent leurs armes près des piles de jetons...

Mireille a choisi cet instant pour se montrer. Elle a éclaté de rire en nous voyant discuter, juchés sur des chaises, de part et d'autre de la table rose.

— Vous jouez à quoi, tous les deux ?

J'ai repris contact avec le pavé de la cour.

— À rien... Regarde ce qu'on a trouvé. Cela ne ressemble pas à grand-chose, mais pourtant on a l'impression que c'est chargé de sens... Il y a des empreintes de flingues, de grenades. Un peu comme dans les garages, les râteliers pour ranger les outils... J'aimerais bien passer un coup de fil à ton grand-oncle, celui qui t'a prêté la maison. Il devrait pouvoir nous renseigner sur cette table.

Mireille a filé vers la cuisine, pour préparer le café. Elle a élevé la voix.

— Il était pilote de ligne, et il vit au Gabon depuis plus de dix ans ! Sa femme s'occupait de gamins autistes... Je m'imagine assez mal les déranger à Libreville pour parler chiffons...

Nous avons déjeuné dehors, puis Belinda est partie. Avant de franchir le porche, elle a passé la tête par la portière, m'a tendu un fragment de papier.

— Si tu apprends quoi que ce soit sur la table, appelle-moi...

Je suis resté accroupi pendant des heures, à tracer du bout du doigt dans le sable les légendes des *lisep-seps*, ces étranges petits lutins chevelus aux ongles démesurés qui vivent aux abords des villages océaniens. Une phrase en bislama ne cessait de circuler en boucle dans ma tête : « *Kastom i no save ded...* » La coutume ne peut pas mourir... Puis je me suis mis à dessiner des contours de colts, de winchesters, de kalashnikovs...

C'est en aidant Mireille à ranger la vaisselle que je suis tombé, au fond d'un tiroir, parmi des bouchons de liège, des bons de réduction périmés, des élastiques, des réclames, sur plusieurs lettres adressées par les propriétaires à des amis qui passaient leurs vacances dans la ferme. L'une d'elles mentionnait leurs coordonnées gabonaises. Mireille, qui rinçait des couverts, s'est brusquement retournée alors que je la glissais dans la poche arrière de mon pantalon.

— Tu es resté combien de temps avec Belinda ?

J'ai froncé les sourcils.

— Trois ans... Pourquoi tu me demandes ça ?

Elle a replongé les mains dans l'eau.

— Pour rien... J'ai eu l'impression qu'elle était toujours amoureuse de toi...

— Tu te fais des idées...

J'aurais pu me servir du téléphone de l'entrée, mais je ne sais pas pourquoi je me suis retrouvé dans la voiture à pianoter sur le cellulaire. Le grand-oncle ignorait tout de la table rose. Il a fini par se souvenir qu'il avait autorisé un voisin qui emménageait à Forbach à entreposer des meubles dans sa grange. J'ai noté les renseignements sur mon calepin, et je suis retourné voir Mireille.

— Je vais faire un tour en ville. Je rapporte les journaux et les cigarettes. Tu as besoin d'autre chose ?

— Tu pourrais me proposer d'aller avec toi...

J'ai murmuré.

— Je t'attends si tu veux...

— Non, je disais ça comme ça. J'ai du travail.

La nationale était pratiquement déserte, tout le monde se pressait sur l'autoroute. Le tuner de l'auto-radio accrocha *Georgia* de Ray Charles, un slow sur

lequel plusieurs millions de couples s'étaient rencontrés. Je me garai en centre-ville, sur le parking du
Burghof, et marchai en direction de l'église Saint-
Rémi, longeant les façades orgueilleuses de l'ancienne Kaiser Wilhelmallee. Une grille en fer forgé
délimitait un jardin planté de fruitiers et de quelques
arbres d'ornement. L'entrée de la lourde maison
bourgeoise, une architecture allemande défigurée par
les rajouts, était encadrée par deux envahissantes
glycines. Un bourdonnement électrique répondit à
ma pression sur la sonnette. Je poussai la grille, longeai l'allée et grimpai les cinq marches du perron.
Un homme d'une cinquantaine d'années se tenait
derrière la porte entrouverte.

— C'est pourquoi ?

J'évoquai l'oncle africain de Mireille, et m'enquis
de ce qu'il convenait de faire des meubles qu'il avait
laissés en dépôt dans la grange.

— Vous en faites ce que vous voulez. Vous les
donnez, vous les brûlez... Je ne veux plus en entendre
parler !

Je pesai de l'épaule sur le battant qu'il tentait de
repousser.

— C'est surtout la table qui pose problème...
C'est un monstre ; elle pèse des tonnes. En plus, c'est
un véritable arsenal... On se demande à quoi ça peut
bien servir...

Il a avancé la tête et ses traits se sont durcis.

— Vous cherchez quoi exactement ?

J'ai reculé.

— Rien... Vous avez été tout à fait clair... On garde tout. Merci.

C'est facile de l'affirmer maintenant, mais je crois que si nous avions été ensemble, Mireille et moi, nous serions venus à bout des démons qui se sont ensuite abattus sur la ferme des environs de Folkling. Au lieu de ça, j'ai traîné sous les arcades de la rue piétonne, je suis resté un long moment dans un parc à regarder de curieuses billes de bois noircies au goudron fichées dans des socles de charbon et posées comme une armée en marche sur la pelouse. En approchant, les veines du bois évoquaient le léger tissage d'un vêtement. Je me suis arrêté à une terrasse pour déjeuner d'une pizza-flammes et d'une bière, puis je suis monté jusqu'au Saareck pour admirer les arbres du Schlossberg et regarder cette route d'Allemagne enfin paisible. Le soleil déclinait quand j'ai repris ma voiture, près du Burghof. Je venais de quitter la nationale pour passer au-dessus de l'autoroute lorsque la jeep s'est portée à ma hauteur et qu'elle m'a serré pour me forcer à m'arrêter. Les vitres teintées ne me permettaient pas de distinguer le visage du chauffeur. J'ai laissé libre cours aux réflexes acquis en vingt ans de conduite sur les pistes des antipodes. Freinage, dérapage, accélération. Le type avait pas mal de métier, et je l'ai eu sur le pare-

chocs dans la minute suivante. Il me tamponnait en
accélérant, et je sentais l'arrière de ma voiture se
soulever dès que son rail de protection entrait en
contact avec la carrosserie. Il a repris ses distances en
voyant poindre un camion, en face. J'ai attendu que
le poids lourd soit assez près, et je lui ai coupé la
route. J'ai foncé droit dans un chemin blanc qui
menait vers Gaubiving. Dans le rétroviseur j'ai vu la
glissade de la remorque, et la claque métallique
qu'elle a mise à la jeep. Je me suis perdu dans l'en-
chevêtrement des petites routes de campagne, et il
faisait nuit lorsque j'ai eu assez de courage pour
approcher de la ferme. J'ai fait demi-tour juste avant
que le bleu des gyrophares n'éclabousse mon pare-
brise. Je me suis planqué derrière un rideau d'arbres,
et les larmes aux yeux j'ai vu défiler la cohorte des
fourgonnettes de gendarmerie qui encadraient la
camionnette blanche du SAMU. J'ai roulé toute une
partie de la nuit, au hasard des embranchements, et
j'ai fini par m'endormir les bras sur le volant, en
lisière d'une forêt frontalière. Plus tard, j'ai cru qu'il
pleuvait. En fait, c'était un flic qui tapait sur ma vitre
avec le canon de son arme.

On m'a dit que Mireille était morte. J'ai longuement parlé de la table aux pieds roses, des armes
incrustées, de l'homme qui l'avait déposée dans la
grange, de la jeep qui me poursuivait... Ils avaient
appelé Belinda, grâce au numéro retrouvé dans ma

poche. Elle seule confirmait l'existence de cette table, mais ils n'avaient pas mis longtemps à déceler les liens qui nous unissaient. À un moment, j'ai fui leurs questions en me penchant vers le sol pour dessiner dans la poussière du commissariat le *nababarum nan lisapsap*, le corps de l'âme dans son linceul, pour permettre à l'esprit de Mireille d'atteindre le rocher sacré de Malakula... L'un des policiers a craché à terre, sa chaussure a bousculé mon doigt, effaçant le symbole. Je l'ai regardé, et je lui ai simplement dit qu'il fallait que je recommence, que si le dessin n'était pas complet, Mireille ne parviendrait pas à rejoindre ses ancêtres.

Îles Shepherd, archipel de Vanuatu, juin 1998
    L'enveloppe est là, entre mes mains, et je n'ose l'ouvrir...
    Ils n'ont rien trouvé de très sérieux pour établir ma responsabilité dans l'assassinat de Mireille, pas une seule preuve matérielle, et après dix-huit mois de prison préventive la cour d'assises m'a acquitté, au bénéfice du doute. Je suis revenu sur les traces de ce que nous avons été. Ici personne ne sait ce qui s'est passé à Forbach. J'apprends aux enfants à lire les légendes sur le sable. Le mois dernier, je suis allé à Nouméa. Je participais à un colloque, au centre culturel Djibaou. J'ai longuement parlé de ces hommes qui, pour apaiser l'esprit de Tamalie et

obtenir une bonne récolte d'ignames, sautent dans le vide depuis des mâts de vingt mètres, les chevilles entravées de lianes. J'ai fini sur une légende de sable. Un sculpteur m'a succédé. Il intervenait sur la malédiction qui pèse sur son art, l'obligeant trop souvent à tailler la pierre, à fondre le bronze pour honorer, commémorer, rendre hommage. Je l'écoutais en appeler à une sculpture libérée de ces pesanteurs quand mon regard s'est figé sur les diapositives qu'il projetait pour illustrer son propos. Les sujets représentés ne m'étaient d'aucune importance, poilus de 14-18, présidents de la République, dictateurs, allégories, travailleurs méritants... Toutes les images étaient contenues dans un format identique, en noir et blanc, et la seule intervention de l'artiste consistait en quelques flèches, quelques réécritures, quelques commentaires qui apparaissaient dans cette tonalité de rose si particulière que je n'avais vue que sur les pieds et le plateau de la table maudite. Après les congratulations d'usage, je suis sorti fumer une cigarette en attendant le taxi qui devait m'amener à l'aéroport de la Tontouta. Le sculpteur se tenait adossé à la racine aérienne d'un banian. Je lui ai tendu mon paquet de Gitanes.

— Merci... J'avais justement envie d'une brune... C'est passionnant ce que vous avez raconté sur les sauts du Gol... J'ai également été très sensible aux écrits sur le sable, la symbolique de l'effacement...

Je n'ai jamais trop bien su comment m'y prendre
pour accepter les compliments, et c'est encore pire
quand j'essaye de les retourner.

— C'est la même chose pour moi... Ce qui m'a
impressionné, c'est le rose des diapos...

La stupeur s'est emparée de son visage.

— Quel rose ? Pourquoi me parlez-vous de ce
rose ?

Le taxi venait de stopper au bout de l'allée. Le
sculpteur s'est précipité derrière moi, et il s'est penché à la fenêtre alors que la voiture démarrait.

— Vous connaissez ce rose ?

Je n'aurais pas dû lui répondre. Les mots ont été
plus forts que moi.

— Oui, je l'ai vu une fois déjà, sur une drôle de
table...

Je ne pensais pas que ces simples mots pouvaient
porter à conséquence, et l'incident s'était noyé dans
ma mémoire. J'ai révisé mon jugement en recevant
une carte postale postée à Poindimié, en Nouvelle-
Calédonie, trois jours après mon retour. Le texte
tenait en quelques mots : « *Je suis le créateur de la
table dont vous m'avez parlé. Courrier suit dès mon
retour en métropole.* » Il est clair qu'il a obtenu mon
adresse auprès des organisateurs du colloque. Cela
fait dix fois que je regarde l'enveloppe, que je
détaille les timbres et les cachets de la poste centrale
de Reims, en Champagne. Un large scotch marron

recouvre la languette, au verso. Je le décolle, du bout de l'ongle. Rien ne m'y oblige, pourtant... La colle arrache la couche supérieure du papier, et bientôt l'enveloppe est béante. Une photo glisse sur le sable. La table est là, devant moi, entourée d'une douzaine de chaises en pin à l'assise paillée. Un tableau est accroché au mur de ce qui semble l'atelier de l'artiste. On y voit également une douzaine d'hommes, des militaires, assis devant des parapheurs, autour d'une table de mêmes dimensions. Une lettre recouverte au recto et au verso d'une écriture vive et serrée accompagne le cliché. Je la pose sur le sol, la lisse.

    Cher monsieur,
    Les quelques mots échangés à Nouméa n'ont cessé de me poursuivre au cours des dernières semaines. Vous étiez tellement affirmatif quant à la qualité de ce rose « pink » qui colorait la « table » qu'il ne peut s'agir que de la première ébauche d'une sculpture que j'ai réalisée il y a quatre ans, et qui a disparu de bien étrange manière. Le plus simple est de vous raconter cette histoire depuis son origine.
    Je travaille à Reims, et à Reims comme partout on apprend aux écoliers que les armées nazies représentées par le maréchal Keitel ont capitulé à Berlin, le 8 mai 1945. En fait, cette reddition n'était qu'une

répétition donnée pour les caméras de l'histoire.
L'acte véritable avait eu lieu la veille, à Reims, dans
une salle de l'actuel collège Roosevelt, où siégeait
le quartier général avancé américain. Le général
W. Bedell-Smith avait reçu la capitulation du géné-
ral Jodl. Un comité a vu le jour dont le but était de
faire sortir cet épisode de l'ombre à la faveur de son
cinquantenaire. Les mystères insondables de la com-
mande publique ont fait qu'un projet de monument
commémoratif m'a été confié. Je me suis rendu sur
place, et l'idée m'est venue de réaliser une pièce
jumelle, de reconstruire à l'identique la table de
réunion, d'y incruster une série de jouets guerriers,
et d'y laisser affleurer des fers à béton disposés
comme les pièces d'un échiquier. (J'évoquais plus
précisément les constructions du type du mur de
l'Atlantique.) Peint de ce rose si particulier, l'en-
semble devait, dans mon esprit, appeler à une cer-
taine vigilance quant aux causes des conflits pré-
sents et à venir... Un ami allemand, journaliste au
Süddeutsche Zeitung, *devait écrire un court texte*
présentant cette installation. Six mois avant la livrai-
son de la sculpture, en novembre 1994, alors que
je m'apprêtais à travailler sur la version définitive,
j'ai été victime d'un cambriolage. J'étais à Paris
pour quelques jours, et mon atelier de la banlieue de
Reims a été proprement vidé. Les maquettes, les
plans, les contrats, les lettres, tout ce qui concernait

cette table a disparu. Je me suis mis en rapport avec
mes commanditaires : ils avaient tous oublié jus-
qu'au souvenir de nos engagements. J'ai essayé de
comprendre, on me parlait de protestations d'asso-
ciations d'anciens combattants sans jamais me
donner un nom, un sigle... Je me suis lassé de me
cogner le nez aux portes closes. J'ai fini par oublier
ma table rose, jusqu'au jour où l'ami allemand pres-
senti pour le texte d'accompagnement m'a télé-
phoné. Il tenait de source sûre que Louise, la veuve
du général Jodl, avait eu connaissance du projet et
qu'elle était intervenue auprès de l'Élysée dans le
souci que ne soit pas porté atteinte à la dignité de
son époux. J'ai tenté d'en avoir confirmation, sans
succès. J'ai simplement appris, en consultant de
rébarbatifs volumes consacrés à la dernière guerre,
que le général Jodl avait été jugé à Nuremberg,
convaincu de crimes de guerre et pendu.

Si vous êtes en possession du plus petit élément
qui me permettrait de remettre la main sur cette
table, je vous serais reconnaissant de m'écrire par
retour à l'adresse qui figure au dos de cette enve-
loppe.

Je terminais ma lecture quand un gamin est venu
s'accroupir face à moi.

— C'est dans ces papiers que tu apprends les
légendes que tu nous racontes ?

Je l'ai regardé droit dans les yeux et j'ai déchiré la lettre, la photo. Le vent en a dispersé les morceaux sur les vagues. J'ai égalisé le sable, du plat de la main, j'ai tracé la grille, puis j'ai commencé à dessiner le *nobo'on amel*, la porte de la maison des hommes, ce lieu sacré auquel il accéderait un jour. C'est au moment où j'allais l'effacer que je me suis aperçu que cette porte océanienne, plus large que haute, ressemblait étrangement à une table.

Une première édition de ce texte, accompagnée de 14 dessins du sculpteur Christian Lapie, a été publiée par la médiathèque de Forbach.

Un but dans la vie

Yann venait de s'enduire les cheveux de shampoing. Il commençait à se masser le crâne quand le portable se mit à piailler, loin derrière la musique. Il tira le rideau, à l'aveugle, passa la tête au-dessus du lavabo puis hurla pour couvrir les vibrations du *Friday I'm In Love* des Cure, que Madina poussait à fond, chaque matin, en avalant son café.

— Si c'est pour moi, je rappelle...

Il se rinça en actionnant lentement la manette du mitigeur vers la droite et fut saisi d'un frisson dès que l'eau glacée ruissela sur ses épaules. Il enjamba le rebord de la baignoire, pointa ses orteils vers la paire de claquettes et, tout en s'essuyant, se dirigea vers la cuisine. Il aimait se promener nu dans l'appartement, des matinées entières, expérimenter sur sa peau le contact direct avec les objets quotidiens, sentir le moindre courant d'air, le plus timide des rayons de soleil. Et les regards troublants de Madina.

— C'était qui ?

Elle le toisa tout en caressant ses lèvres entrouvertes avec la courbe dorée d'un croissant.

— Un de tes cousins... Sylvain quelque chose...
J'ai noté son numéro sur la première page de *Libé*. Il
est au Yémen. J'ai cru comprendre que c'était assez
pressé...

Il prit le journal et le portable, au passage, puis
grimpa s'isoler dans la chambre du premier. Sylvain
Durieux... Qu'est-ce qu'il pouvait bien lui vouloir ?
Il se souvenait de vacances à Jarvilly, dans la propriété du grand-oncle qui avait eu des responsabi-
lités importantes, au cours des années cinquante, du
silence qu'il fallait faire autour de son bureau. Il
ferma les yeux : échos d'arrivées d'étape du Tour
quand les têtes se touchaient devant le haut-parleur
de l'antique poste à lampes, odeur de vase lorsque la
barque filait sur le marais en courbant les joncs. Il
avait vu ce cousin pour la dernière fois trois ans plus
tôt, quand la famille s'était rassemblée dans la
grande salle du columbarium, lors de l'incinération
du père de Yann. Ils s'étaient serré la main, sans trop
se regarder. Sylvain s'était installé au premier rang,
entre le chef de cabinet du ministre de la Recherche
scientifique et ce grand-oncle qu'il croyait mort
depuis longtemps. C'était peut-être cela qu'il avait
à lui annoncer... Il passa un slip, une chemise, avant
de composer le numéro. Il lut le gros titre du journal,

« On a roulé sur Mars », tandis que le téléphone sonnait.

— Allô, Sylvain ? C'est Yann... Tu voulais me parler ?

— Oui, merci d'avoir fait aussi vite... Raccroche, je te rappelle tout de suite... Je suis à l'ambassade...

— On ne va pas grever le budget de l'État avec nos histoires de famille ! Qu'est-ce qui t'amène ? Il y a un problème ?

Sylvain se racla la gorge. Son toussotement courut tout le long du câble téléphonique déposé sur le fond de la Méditerranée.

— Je suis vraiment désolé de te déranger pour ça, mais mon grand-père fait des siennes. Je n'ai personne d'autre que toi sous la main...

— Il est malade ?

— Pas spécialement... Son seul problème, c'est l'âge. Bientôt quatre-vingt-douze... Mes parents s'occupent de lui toute l'année, à Jarvilly, et ils le placent dans une résidence des environs de Rouen, pendant l'été, pour souffler un peu. Ils sont en Inde... J'ai eu un message de son infirmière hier soir. Il fait un caprice ; il refuse de s'alimenter.

Yann ne put réprimer un petit rire.

— Qu'est-ce que tu veux exactement ? Que je lui fasse livrer une pizza !

— Le problème n'est pas là... Il a eu soudain l'envie irrépressible de relire une dizaine de livres rangés dans sa bibliothèque de travail, à Jarvilly, et il ne veut confier les clefs de la propriété à personne d'autre qu'à moi ! À cause de lettres, de secrets dissimulés dans les reliures, sur les étagères... Il s'imagine qu'on peut faire Sanaa-Paris aller-retour pour dix bouquins ! Je l'ai eu au bout du fil il y a une heure. Tu es le seul à qui il accepterait de confier cette mission de la plus haute importance. C'est lui qui a avancé ton nom... Tu n'en as même pas pour la journée...

Yann tendit le bras pour prendre une cigarette dans le paquet posé sur le chevet. L'idée de faire visiter le décor de ses aventures d'enfant à Madina commençait à lui trotter dans la tête. Il pressa la touche « enregistrement » de son portable.

— C'est d'accord... Tu peux me donner l'adresse de sa pension ?

Le cousin exulta brièvement avant de passer aux choses pratiques.

— Il est au manoir des Brossards, à Longeville-sous-Maronne... C'est juste après Rouen, dans les collines. Je les avertis de ton arrivée... Ce sont des gens très bien. Je reviens à Paris en octobre. Il faut absolument qu'on prenne le temps de discuter ensemble. Merci pour tout.

Yann vint s'asseoir sur le rebord de la fenêtre. Sa cigarette se consuma le temps qu'en contrebas une péniche charbonnière, baptisée la *Téméraire*, franchisse l'écluse des Vertus. Il redescendit dans la cuisine et fut accueilli par l'intro du remix disco de *Holidays in Cambodia* des Dead Kennedys, le morceau avec lequel Madina sonorisait rituellement le lavage de la vaisselle.

— Pas ça, je t'en supplie ! C'est à gerber... Tu mets n'importe quoi d'autre, même les Pogues, et en échange je prends ton tour de vaisselle...

Elle se retourna, les mains pleines de mousse citronnée.

— J'ai pratiquement terminé, il faut que tu trouves autre chose...

Il fit semblant de réfléchir.

— Je sors la voiture et je t'emmène à la campagne. Dans un manoir...

Elle lui tendit la Spontex, la balayette récurante avant d'aller se planter devant la minichaîne pour couper le sifflet des Dead Kennedys.

— C'est vendu !

Le périf coinçait à hauteur de La Chapelle, à cause des travaux de couverture de l'autoroute du Nord. La saignée rectiligne dégageait la masse de la basilique et l'anneau du Stade de France, encore hérissé de grues. Puis, jusqu'à Rouen, il n'eut plus besoin de frôler le frein. Ils traversèrent les faubourgs, longèrent les murs interminables d'une fonderie endormie, dépassèrent une zone de Kiloutou et de Bricorama. Au virage suivant, ils changèrent de versant. La route surplombait le fleuve, épousant les sinuosités de la crête. La ville, semblable à un uniforme Lego gris, s'effaça dans le rétroviseur. Ils s'installèrent à la terrasse d'une auberge, près des ruines d'un château anglais. Le vent faisait claquer les oriflammes rouge et noir plantées sur les vestiges crénelés du donjon. Madina picorait les grains de maïs dans le saladier, du bout de sa fourchette.

— Tu me fais marcher, il ne s'appelle pas Aristide, ton grand-oncle.

— Si, je te jure ! Aristide Durieux. Il est né au début du siècle. C'était un prénom courant, à l'époque. Tu sais, ça me fait tout drôle de le prononcer. Pour moi, c'était « mon oncle »... Quand j'étais gosse, je croyais qu'il était président de la République ou chef des services secrets. Il y avait toujours des voitures noires qui venaient se garer dans le parc, et des personnages importants qui grimpaient les marches du perron. On s'approchait des carrosseries, pour voir à combien montaient les compteurs, on discutait avec les chauffeurs, sous le tilleul...

Madina trempa le coin de sa serviette dans son verre d'eau pétillante et s'humecta le front.

— Il faisait quoi ? Trafic d'armes, traite des Blanches ?

Yann haussa les épaules.

— Non, réac mais légaliste... On ne parlait pas beaucoup de lui à la maison. Ou en mal. Il faisait partie de la branche des Durieux qui avait réussi dans

la vie. J'ai compris beaucoup plus tard que si mes
parents acceptaient de nous envoyer en vacances à
Jarvilly, ma sœur et moi, c'était contraints et forcés.
Ils bouclaient leur budget en s'asseyant sur leur fierté
de prolos incorruptibles...

— Tu ne m'as pas répondu... Il faisait quoi exactement ?

Le garçon s'approcha pour remplir les verres
de rosé, laissant traîner son regard sur le décolleté
de Madina.

— Au départ, il était ingénieur. Il a inventé toute
une série de procédés de construction en béton armé
qui faisaient gagner un temps énorme sur les chantiers... C'est lui qui s'est occupé de relever les villes
détruites, juste après guerre. Le Havre, Amiens,
Royan... Je crois qu'il a pas mal bossé en Algérie et
au Sénégal. Il a eu un poste de première importance
au ministère de la Reconstruction, puis à celui du
Logement. Directeur ou chef de cabinet...

— Ce n'est pas infamant comme curriculum...
Quand on discute avec tes parents, ils paraissent plus
ouverts.

Yann planta ses coudes de chaque côté de son
assiette et posa son menton sur ses doigts croisés.

— Pour eux le problème ce n'était ni le fric ni la
réussite du grand-oncle...

Elle l'imita et avança son visage pour que les
pointes de leurs nez se frôlent.

— C'était quoi alors ? Sa femme ?

— Sûrement pas. Elle ne faisait aucune différence entre ses petits-enfants et ceux de son frère...
Une grand-mère sortie tout droit d'un livre de la
bibliothèque verte... Non, l'hiatus, c'était ses idées !
Aristide l'aristo... Il était de droite comme on pouvait
l'être dans les années 50. Pas facho, de droite. La
hantise des chars russes sur les Champs-Élysées, les
discours sur la mission civilisatrice de la France en
Afrique, le sentiment d'appartenir à une élite... Mon
père, lui, trouvait insuffisant d'être communiste, et
dans sa tête il se vivait comme un citoyen soviétique ! L'oncle lui servait de repoussoir, d'épouvan-
tail ; c'était la figure du traître, le Durieux passé à
l'ennemi...

Ils furent interrompus par les messages incompré-
hensibles que diffusaient deux voitures bariolées
équipées de haut-parleurs, et avalèrent leurs cafés en
regardant passer les cyclistes de la Flèche normande.
La bifurcation pour Longeville-sous-Maronne se
trouvait à une quinzaine de kilomètres, juste après
d'immenses carrières. La poussière fade qui dépig-
mentait le paysage donnait l'impression de voir le
monde au travers d'une vitre sale. Madina parvint à
accrocher le son rageur des Sex Pistols sur l'auto-
radio qu'elle poussa à saturation, et ils firent leur
entrée dans le parc du manoir des Brossards sur les
accords destroy d'*Anarchy in the UK*. Une dizaine de

personnes âgées étaient assises sous la voûte que formaient des ormes centenaires, tandis que d'autres se promenaient dans de vastes jardins à la française qui descendaient en pente douce vers un plan d'eau agrémenté de nénuphars, de cygnes, de canards. Un infirmier, occupé à piloter la chaise roulante d'un grabataire osseux emmitouflé dans un plaid écossais, les dirigea vers le pavillon d'accueil des courts séjours. Là, une hôtesse les accompagna jusqu'aux appartements de M. Durieux, situés au bout de l'aile gauche du bâtiment, face aux arceaux des serres. Elle cogna à la porte tout en l'ouvrant légèrement, avec l'autre main.

— Monsieur Aristide... Vous avez de la visite...

Elle s'effaça pour les laisser passer, et s'éloigna à reculons, un sourire insistant sur ses lèvres peintes. Madina se figea, et Yann dut la prendre par le bras pour la forcer à avancer. L'ancien chef de cabinet du ministre de la Reconstruction était allongé sur son lit, la tête relevée par des oreillers. Tout en suçant des pastilles de menthe, il regardait l'épisode du jour d'un feuilleton de début d'après-midi que Yann identifia comme étant *Les Feux de l'amour*. Il toussota pour s'éclaircir la voix.

— Mais approchez, n'ayez pas peur...

Yann traversa la pièce sans le voir, ébloui par la lumière vive du soleil. Il le découvrit alors que ses genoux butaient sur l'encadrement du lit, et s'aperçut d'un coup des ravages de l'âge. La fin se lisait sur son visage. En reconnaissant son petit-neveu, le vieillard fut saisi d'un bonheur qui le transfigura. Il tendit la main vers lui, accrocha ses doigts décharnés au poignet de Yann.

— Je suis content que tu sois venu...

Ses yeux se plissèrent pour examiner la silhouette qui se profilait derrière le jeune homme. Yann mentit, pour simplifier les choses.

— Je vous présente ma femme, Madina. Elle voulait vous connaître.

Il la contempla en hochant la tête puis se leva, avec d'infinies précautions. D'une pression du doigt sur la zappette, il renvoya le feuilleton dans le néant cathodique, et glissa plutôt qu'il ne marcha jusqu'au minifrigo de sa kitchenette pour servir un verre d'orangeade à ses visiteurs. Ils prirent place autour d'une table ronde, devant la baie vitrée. Yann approcha le verre de ses lèvres.

— C'est Sylvain qui m'a téléphoné...

— Ne me parle pas de lui, je t'en supplie. Il est tout comme son père, jamais là quand on en a besoin ! Le pays est vraiment dans de bonnes mains, avec des conseillers d'ambassade de ce calibre ! Par chance, ils l'ont nommé au Yémen. On peut faire toutes les bourdes qu'on veut là-bas, ça ne porte pas à conséquence...

Yann décida d'ignorer l'attaque. D'ailleurs le ton,

où perçait une pointe d'ironie, atténuait la sévérité du propos.

— Il m'a dit que vous aviez besoin de certains livres rangés dans votre bibliothèque de Jarvilly, mais que personne ne pouvait vous les apporter.

Le vieil homme plongea la main dans la poche de sa veste d'intérieur pour en sortir un petit calepin dont il détacha les feuilles médianes.

— J'ai tout noté ici... Je ne veux pas que n'importe qui vienne fouiller dans mes papiers, mette son nez dans mes archives... Les ouvrages de cette liste sont pratiquement tous introuvables, aujourd'hui, dans leur édition d'origine. Ils ont une valeur inestimable pour ceux qui s'intéressent à l'histoire de l'architecture. Je ne peux pas prendre le risque d'envoyer un inconnu qui irait revendre un trésor dans la première boutique venue, pour le prix du papier.

Yann prit la double feuille et survola les deux premières lignes : Quatremère de Quincy, *Dictionnaire historique de l'architecture*, Paris, 1832. Palladio, *I quattro libri dell'architettura*, Venise, 1570.

— Je les trouverai tous sur les rayonnages du premier étage ?

L'ancien chef de cabinet approuva d'un mouvement de la tête et lui tendit un trousseau d'une dizaine de clefs.

— Tu as une très bonne mémoire, mon garçon... Voilà les clefs de Jarvilly. Tu ne peux pas te tromper, il y a une petite étiquette qui indique la porte à laquelle chacune correspond. Tu sais quel chemin prendre ?

— C'est indiqué au carrefour, à droite, en remontant sur la falaise.

Ce fut Madina qui prit le volant, et il la guida dans le bocage. Ils traversèrent le bourg sinueux de Borneville où il se souvint être venu, la nuit tombée, assister au feu d'artifice du 14 juillet. Des forains installaient les premiers éléments d'une piste d'autos tamponneuses au milieu de la place de l'église, sous les regards de vieux paysans assis sur le banc de pierre, près du monument aux morts. Madina accéléra sitôt la dernière maison franchie.

— Tu me laisses ici une semaine, et on peut inscrire mon nom dans la pierre, après ceux des martyrs de 14-18 ! Ils font comment pour s'accrocher ?

— Rien, ils se contentent de vivre... Ils disent la même chose de nous quand ils viennent à Paris... Ralentis, on prend à gauche, après le vieux lavoir. La maison est juste là, derrière les haies.

Madina vint se ranger sur le terre-plein en demi-lune qui épousait la forme de la grille d'entrée alors que Yann se rejetait contre le dossier de son siège, en levant la tête vers la façade. Le château de ses souvenirs était en fait une grosse maison de maître plantée au centre d'un parc cerné de futaies, à laquelle menait une allée délimitée par d'imposants platanes.

Il ferma les yeux pour contenir les bouffées de nostalgie qui naissaient de chaque détail aperçu, retrouvé... Le murmure de Madina, le souffle de ses paroles sur sa joue lui arrivèrent au travers de ce brouillard.

— On y va ?

Il se pencha vers elle, posa son front sur sa poitrine.

— On va y aller...

Chaque bruit, le grincement de la grille sur ses gonds, le vent dans la ramure, l'envol d'un oiseau surpris, lui pinçait le cœur. Chaque pas faisait surgir le fantôme toujours vivace d'une journée enfuie. Le parfum chaud du linge sec que sa tante chargeait sur ses bras d'enfant, le recoin où la cuisinière dépiautait les lapins après les avoir égorgés, les gâteaux d'anniversaire posés sur les roues de meules qui servaient de dessertes, les minauderies des cousines en socquettes blanches, leurs éclats de rire, le voisin bègue qui taillait les troènes et faisait claquer ses cisailles pour se venger des railleries, l'orage qu'ils attendaient, serrés les uns contre les autres, dans la cabane du jardinier, la grêle sur le toit ondulé... Le temps semblait comme aboli, et ses pas retrouvèrent leurs propres traces empreintes sur les marches calcaires du perron. Il engagea la clef dans la serrure, poussa la porte ; la même odeur de bois humide et d'encaustique l'enveloppa.

Madina s'avança. Le contre-jour dessinait parfaitement ses jambes, au travers du tissu. Il se serra contre elle, plaqua ses paumes sur ses seins, ses lèvres sur son cou. Elle se retourna doucement, l'entraîna vers un canapé houssé de blanc et lui fit l'amour, au cœur de ce royaume des ombres. Ils restèrent blottis l'un contre l'autre jusqu'à la sonnerie de trois heures, au clocher de Borneville. Les marches craquèrent sous les pas de Yann. Il s'arrêta sur le palier, devant la scène de moissons encadrée de dorures. Tout était resté en l'état, à part l'installation d'un rail, sur le mur de la cage d'escalier, pour guider l'ascension d'un fauteuil électrique. La bibliothèque se trouvait au fond du couloir, sur l'arrière de la maison. Madina l'aida à repérer les volumes portés sur la liste. Il disposa les œuvres de Quattremère de Quincy, Palladio, Vitruve, Mariette, sur la table au plateau gainé de cuir, et s'attarda sur l'édition de Chicago du *Rebuilding our Communities* de Walter Gropius avant de placer le tout dans une valise dont Aristide Durieux leur avait signalé la présence, au bas d'un placard. Ils s'apprêtaient à redescendre l'escalier quand Yann posa le bagage sur le tapis du palier.

— Qu'est-ce que tu fais ? Tu as oublié quelque chose ?

Il fit cliqueter le trousseau au bout de son bras.

— Tu ne vas pas me croire, mais je ne suis jamais entré dans le bureau de l'oncle Aristide... Je ne sais

même pas à quoi il ressemble ! Viens, j'en ai pour
une minute.

Madina pencha la tête.

— Je n'ai pas envie ; je ne me sens pas bien ici, il
y a trop de souvenirs qui ne m'appartiennent pas. Je
préfère t'attendre dans le jardin.

C'était la seule clef portant un signe distinctif, une
médaille religieuse à l'effigie d'une sainte drapée
dont le nom était effacé par l'usure. Les battements de
son sang s'accélérèrent quand il l'introduisit dans la
serrure. La porte glissa sans bruit. Il s'attendait
à découvrir une pièce bien plus vaste, bien plus impo-
sante. Le bureau avait la forme d'un carré d'une
surface similaire à celle de la chambre que son cousin
Sylvain partageait avec lui, au cours de ces lointains
étés. Un secrétaire en noyer aux pieds amplement
galbés, un fauteuil massif garni de coussins, un lutrin,
des armoires vitrées aux rayonnages chargés de
dossiers, des journaux, des revues empilés entre
deux petites bibliothèques, occupaient tout l'espace...
Seuls un tapis iranien et deux toiles de petits maîtres
troublaient la sévérité du décor. Yann promena son
regard sur les étiquettes glissées dans les fenêtres
transparentes des dossiers. « Dakar, 1953, cité de
l'Amitié, plan définitif », « El Biar, 1952, projet d'ex-
tension de l'îlot IV », « Alès, 1959, rénovation du
centre-ville », « Garges-lès-Gonesse, 1958, additif »,
« Villepinte, 1961, La Noue et voie rapide »... Il se

baissa pour feuilleter les collections du *Moniteur*,
d'*Architecture nouvelle*, de *Béton et Idées*, avant
d'ouvrir la porte basse d'un meuble de rangement.
Une dizaine de cartes glissèrent sur les motifs du
tapis. Il ramassa les antiques Michelin jaunes pour les
caler dans le fouillis de papiers. Le sigle d'un empire
disparu, sur quelques reliures défraîchies, attira son
attention. Tout en maintenant l'équilibre instable du
reste de la paperasse, il tira ces revues et les disposa
devant lui. Le format et la présentation rappelaient le
Reader's Digest mais le contenu en différait radicale-
ment. Sous le titre de la première, *Études soviétiques*,
un cliché aux couleurs approximatives montrait une
kolkhozienne ouzbek, joues rebondies, sourire épanoui, cueillant une pêche sur un arbre aux branches
lourdes de fruits. La naïveté de la propagande
l'amusa. Il lut sous d'autres photos des légendes qui
n'avaient jamais si bien porté leur nom :

*Enfants de constructeurs-mécaniciens émérites de
l'usine d'automobiles de Minsk partant en promenade éducative dans la campagne.*

*Le visage souriant de ces jeunes sportifs mosco-
vites respire la santé et la joie de vivre dans un pays
que Staline conduit vers un merveilleux avenir.*

Il s'attarda sur un passage de même teneur d'un
article datant de 1948, intitulé « Impressions de
voyage ».

C'est le grand Lénine qui, procédant au lende-

main de la révolution d'Octobre à l'électrification
des campagnes, a sorti les paysans de leur condi-
tion misérable et en a fait des hommes dignes de ce
nom. Maintenant les kolkhoziens n'ont plus besoin
de travailler du lever au coucher du soleil, et ils
peuvent, dans les clubs et les bibliothèques, s'ins-
truire en se reposant des fatigues de leur travail. De
plus, par une motorisation toujours plus poussée de
l'agriculture, l'effort est moins pénible et le rende-
ment meilleur. La marche en avant de tous les
peuples d'Union soviétique se poursuit à un rythme
toujours plus grand, vers une vie plus belle. Tout ce
qui a été fait, tout ce qui se réalise, et qui sera
dépassé dès demain, est l'application de la doctrine
de Marx-Engels-Lénine-Staline, mise en pratique
par les grands dirigeants de l'Union soviétique avec
l'appui de tous les peuples de toutes les Républiques,
pour une vie meilleure et pour la Paix.

Il s'apprêtait à reléguer dans l'oubli ces revues
aux rédacteurs aveuglés, quand il se figea en découvrant le nom inscrit en signature de l'article : Aristide
Durieux, membre honoraire de l'Académie soviétique des sciences et techniques ! Il le relut plusieurs fois à haute voix, comme pour se persuader
que son regard ne le trahissait pas, retourna la revue
en tous sens, consultant au sommaire la liste des
autres contributeurs : l'idéologue Jdanov, l'académicien Tarlé, les écrivains Fadeïev, Gorbatov, Lidine,

Wassilevska, les cinéastes Poudovkine et Donskoï...
Yann finit par quitter le bureau avec dans les mains
ce curieux exemplaire d'*Études soviétiques* qu'il
montra à Madina. Elle parcourut rapidement le texte.

— Quel charabia... C'est complètement illisible
ton truc ! *Grâce au plan quinquennal qui démulti-
plie l'effort collectif du peuple tout entier, on peut
constater jour après jour l'ampleur des réalisations
du socialisme pour tous et pour chacun...* C'est le
type même du langage fermé, perméable aux seuls
initiés... On n'est pas loin de la secte...

Yann pointa le doigt sur le nom de son grand-
oncle.

— Et ça, qu'est-ce que tu en dis ?

Elle leva la tête vers lui, fronça les sourcils.

— J'avais cru comprendre que c'était un réac de
première... Là, il est avec les cocos... Qu'est-ce que
ça veut dire, Yann ? Tu as une explication ?

— Non, mais je sais à qui la demander !

Ils regagnèrent la voiture, sur le terre-plein en
demi-lune. Madina enclencha une cassette des
Smiths, *There's A Light That Never Goes Out*. Yann
démarra et fit hurler la boîte de vitesses en passant
trop rapidement la deuxième.

— Attention, tu vas tout bousiller...

— C'est à cause de ta musique, c'est trop fort, je
n'entends pas le bruit du moteur ! En plus je ne
comprends rien à ce qu'ils baragouinent...

Elle posa sa main à plat sur sa cuisse, vers l'intérieur, inclina le front sur son épaule et se mit à chanter au rythme des Smiths.

> — *Ne retourne pas chez toi ce soir,*
> *Chez toi, c'est devenu chez eux,*
> *Ne retourne pas chez toi ce soir,*
> *Tu n'es plus le bienvenu.*

Ils suivirent une jeune femme en blouse blanche qui poussait un plateau à roulettes dans l'allée menant au pavillon des courts séjours. Elle cogna à la porte d'Aristide Durieux, puis entra pour déposer une tasse de chocolat chaud et quelques gâteaux secs sur un guéridon. Le visage du vieillard s'illumina quand ils s'approchèrent à leur tour et que Yann fit jouer les serrures de la valise pour lui montrer les livres rapportés de Jarvilly. L'ancien chef de cabinet se déplaça jusqu'à la table et lissa amoureusement la couverture du Palladio du bout de ses doigts décharnés. Il se retourna vers le couple, les yeux humides.

— Merci, les enfants... Merci du fond du cœur... Je l'ai acheté dans la médina de Constantinople en 1937, au retour d'une mission en Syrie. Je croyais ne jamais le revoir.

Madina lui apporta sa collation. Il prélevait la crème déposée sur le bord de la tasse à l'aide de la pointe de sa cuillère quand Yann fit glisser l'exemplaire d'*Études soviétiques* datant de 1948 sur la table.

— On dirait que vous vous souvenez beaucoup moins de vos voyages d'études en Russie...

Aristide Durieux regarda longuement les joues rebondies des kolkhoziennes, sur la couverture aux couleurs approximatives. Il ferma les yeux, hochant la tête de manière presque imperceptible, comme s'il se remémorait ces temps d'avant qui l'avaient vu arpenter une bonne moitié des Républiques socialistes de l'ancien empire soviétique.

— Où est-ce que tu as trouvé cette relique ? Elle date d'un demi-siècle...

— Au bas d'un placard, dans votre bureau...

Le vieil homme ne jugea pas utile de lui reprocher sa curiosité.

— Je ne me rappelais même pas en avoir gardé trace. C'est si loin de moi, tout ça. Si loin que j'ai le sentiment que cela concerne quelqu'un d'autre, le personnage d'un film ou d'un roman.

Yann tira une chaise pour prendre place face à lui.

— J'ai eu exactement la même impression en lisant ce que vous avez écrit là pour vanter les mérites de Staline ! C'est totalement incompréhensible... Pendant toute mon enfance, j'ai entendu parler de vous comme d'un homme de droite, d'un rouage de la domination capitaliste...

Les termes lui arrachèrent un sourire.

— Tu peux dire « un fasciste » pendant que tu y es ! Je sais exactement ce que tes parents pensaient de moi... Pire que le diable. Ils ont simplement oublié de te dire que j'ai participé à la résistance avec ton grand-père, dans les maquis communistes bretons, et qu'on a milité ensemble, au Parti, au cours des années d'après-guerre.

Il feuilleta la revue soviétique et parcourut son article.

— Le pire, c'est que j'étais tout à fait sincère quand j'écrivais ces inepties. Dramatiquement sincère. On croyait vraiment que pour hâter la marche au communisme, les vaches soviétiques donnaient deux fois plus de lait que les vaches capitalistes ! Il nous fallait un paradis après l'enfer que nous venions de vivre. Quitte à l'inventer de toutes pièces... Ça s'est effondré dans ma tête l'année qui a suivi ce reportage, au printemps 1949. Ton père, lui, y a cru quarante ans de plus, jusqu'à la chute du mur de Berlin. Il est mort orphelin de ses rêves...

L'évocation de la disparition de son père troubla Yann. Les images de la foule rassemblée au columbarium du Père-Lachaise, devant l'urne symbolique où brûlait le cercueil, effleurèrent son esprit.

— Je ne savais pas...

— Comment aurais-tu pu savoir, alors qu'ils ne le voulaient pas eux-mêmes... Vous êtes déjà allés à Tbilissi, tous les deux ?

Yann répondit d'un mouvement de tête, mais Madina fut plus loquace.

— Non, mais c'est une région que j'aimerais bien visiter. La Géorgie, l'Arménie, l'Azerbaïdjan... J'ai des ancêtres qui viennent de par là...

Aristide Durieux aspira une longue gorgée de chocolat tiède.

— Je ne sais pas ce que la ville est devenue, ils ont tellement fait n'importe quoi, mais à l'époque je suis immédiatement tombé amoureux de la vieille cité, de ses rues étroites et tortueuses. Une véritable toile d'araignée qui me changeait des barres et des tours qu'alignaient les reconstructeurs à la périphérie des villes détruites... À certains endroits on se croyait à Montmartre, avec les ruelles pavées butant sur des escaliers plantés de becs de gaz, mais un Montmartre du Sud, parsemé de petites cours surplombées de balcons, de vérandas, de corniches en bois sculpté... Dans le quartier ancien, on ne peut pas faire un pas sans tomber sur les décors qui ont inspiré Niko Pirosmanichvili, leur Brueghel naïf... Jusqu'aux visages des passants... Je me suis fait beaucoup d'amis...

Yann l'interrompit.

— Vous étiez en vacances ?

— À moitié... La direction d'*Études soviétiques* avait été très satisfaite de mon premier reportage, et on m'avait invité à rendre compte d'autres aspects de la vie en Russie. Le sport, la culture... Tbilissi se trouvait au programme parce que s'y déroulait la finale de la coupe d'U.R.S.S. de football avec la remise du trophée Lénine.

Il marqua une pause.

— C'est ce match qui a changé ma vie, de fond en comble...

— Comment ça ?

Il grignota l'arrondi brûlé d'une langue de chat.

— La rencontre se déroulait en présence d'un enfant du pays géorgien, Joseph Vissarionovitch Djougachvili, que l'on connaît davantage grâce à son pseudonyme, Staline. J'avais pris place dans la tribune d'honneur, à deux mètres de lui, en contrebas, et j'ai passé la moitié des quatre-vingt-dix minutes à me retourner pour voir l'idole vivante... C'était comme un chef d'orchestre. Les dizaines de milliers de personnes massées sur les gradins du stade Dynamo, en surplomb de la rivière Koura, applaudissaient et hurlaient dès qu'il tapait dans ses mains pour souligner une action offensive de l'équipe géorgienne, sifflaient quand il piquait du nez pour désapprouver une tentative estonienne... J'avais l'impression que le peuple de Tbilissi vivait au rythme des émotions de Staline, qu'ils ne faisaient qu'un, alors qu'en fait c'était la crainte qui poussait tous ces gens à se conformer à la moindre de ses émotions. Je n'avais même pas conscience du handicap que consti-

tuait l'attitude du public pour les Estoniens. L'équipe
de Géorgie avait arraché le match nul, à Tallin, deux
partout. Ils en avaient marqué un autre, en début de
deuxième mi-temps, sur penalty. L'avant-centre estonien avait rétabli la parfaite égalité dans le dernier
quart d'heure contre le cours du match, et sans même
le vouloir : un faux rebond du ballon, sur une motte
de terre, avait pris le gardien géorgien à contre-pied...
Mais depuis dix minutes la pression géorgienne devenait intenable. Deux tirs tendus s'étaient écrasés sur
la transversale estonienne. L'équipe, exténuée, semblait ne plus vouloir se battre. Il devenait évident que
les prolongations leur seraient fatales. Les officiels du
ministère des Sports venaient de découvrir le trophée
Lénine posé sur une table de marbre, près de Staline.
Au centre du terrain, l'arbitre consultait son chrono-
mètre, décomptant les secondes précédant le coup de
sifflet, quand un arrière estonien dégagea avec un tir
d'une rare puissance. Les Géorgiens avaient déjà la
tête dans les étoiles, et ils ne comprirent qu'avec
retard que l'avant-centre adverse, Tamsaare, avait
hérité du ballon et qu'il se tenait maintenant seul
devant leurs buts. Un silence de mort planait sur le
stade. Je ne sais plus si c'est véritablement ce qui
s'est passé, mais je suis persuadé que l'Estonien a
marqué un temps d'arrêt et qu'il a levé la tête vers
la tribune où trônait le secrétaire général. Il a contrôlé
le ballon, de l'extérieur du pied, et l'a envoyé en

pleine lucarne, à la dernière seconde du match ! Le coup de sifflet a déchiré le silence épais... Staline s'est levé, sans un mot, et c'est le secrétaire de la République socialiste de Géorgie qui a remis le trophée aux Estoniens, à la sauvette...

Madina prit l'exemplaire d'*Études soviétiques* pour le brandir devant le visage d'Aristide Durieux.

— Vous l'avez écrit, ce que vous venez de nous raconter ? Vous leur avez demandé de le publier ?

Le vieil homme se tassa sur sa chaise.

— Non. J'étais dans le même état d'esprit que tous les spectateurs : il fallait nécessairement que les Géorgiens gagnent le match, pour la plus grande gloire de Staline ! J'ai écrit un reportage qui a été publié au tout début de l'année suivante, en 1949, mais en passant sous silence l'épisode du stade Dynamo... Quelques mois plus tard, on a déposé un pli dans ma boîte. L'enveloppe ne portait pas de timbre, la lettre pas de signature, mais elle m'avait été envoyée par une personne que j'avais connue à Tbilissi. Elle racontait l'incident du trophée Lénine, avec des détails extrêmement précis, et me révélait que Tamsaare, le joueur estonien auteur du but de la victoire, avait été arrêté, accusé de menées antisoviétiques, d'espionnage, et qu'il avait disparu à tout jamais dans les caves de la Loubianka... J'ai rapidement su qu'il avait été exécuté pour l'affront fait au guide suprême... Je me suis détourné de tout ce qui avait accompagné ma jeunesse... C'est la première fois que j'en fais l'aveu...

Ils le quittèrent peu de temps après, quand l'infirmière de garde entra dans l'appartement de l'ancien chef de cabinet pour remplir son semainier de cachets, de pilules. Yann ne prononça pas un mot de tout le voyage. Madina enclencha une cassette des Doors alors qu'ils sortaient du tunnel de Saint-Cloud et franchissaient le viaduc qui raccorde au boulevard périphérique.

Elle capta le regard de son ami et vint se blottir contre lui. Il lui embrassa les cheveux et se pencha vers elle, tout en conduisant.

— À quoi tu penses ?

Une même phrase ne cessait de lui trotter dans la tête depuis qu'ils étaient partis du manoir des Brossards, une phrase qui disait qu'en échange de la balle qu'il avait envoyée dans les filets, il en avait reçu une autre, dans la nuque... Elle ferma les yeux.

— À rien... J'écoute...

Ses lèvres épousèrent les mots de Jim Morrison : *It's the strangest life I've ever known...*[1].

1. C'est la vie la plus étrange que j'aie jamais connue.

Zigzag men

Ils étaient tous rassemblés dans la salle à manger,
le père et les deux filles sur le canapé, l'aîné accoudé
en bout de table, le plus jeune affalé près du radiateur
entre les gros coussins à fils d'or. La mère avait
avancé la table de repassage dans l'entrée, et le
souffle de la vapeur sur les chemises amidonnées
parfumait la pièce d'une odeur d'enfance. Le film
venait de s'achever sur des embrasements, et il aurait
suffi d'un coup d'œil vers la façade de la grande tour
fichée près du périphérique pour déduire des flashes
bleutés animant les fenêtres que la grande majorité
des habitants de la cité regardait le même programme. Lorsque la publicité pacifia l'écran, Amar
tendit la main pour saisir la télécommande posée
près des verres et de la bouteille de limonade. L'électronique relaya les pressions de son pouce sur les
plots. Furtives images de clips, éclats d'autres écrans
publicitaires, bribes d'actualités, fragments de fic-
tions, différés de compétitions. Ses deux sœurs finis-

saient de ranger le linge dans la penderie quand il
accrocha de vieilles images en noir et blanc. Une
ville blanche écrasée de soleil, un bateau gris entrant
dans le port en faisant mugir ses sirènes, rues vides
bordées de rideaux de fer baissés. Un homme armé
en tenue léopard, le regard masqué par l'ombre de la
visière de sa casquette, bombait le torse près d'une
inscription noire portée sur un mur délavé : FELLAGA-
LÂCHE-NUISIBLE. D'autres hommes en uniformes
bariolés accrochaient un filin au bas de la grille de
protection d'un commerce, et l'arrachaient d'un
bond de jeep. Une voix d'époque commentait
l'exploit.

— *La grève musulmane a été brisée. Après
Maison-Carrée, Hussein-Dey et le Clos-Salembier,
c'est au tour de la Casbah de recevoir la visite du
troisième régiment de parachutistes coloniaux du
colonel Bigeard qui sont venus signifier aux chefs
terroristes du F.L.N. qu'ils ne leur permettront pas
de prendre la population d'Alger en otage.*

Puis un homme au visage rond, un Européen aux
yeux encadrés par une monture d'écaille, s'installa
au centre de l'écran.

— *J'ai été arrêté à la sortie du boulot... Les
paras m'ont emmené dans une villa, sur les hauteurs
de la ville. Une sorte de caserne clandestine que rien
ne distinguait des autres bâtiments du quartier. Les
cellules se trouvaient en sous-sol ainsi que ce qu'ils*

appelaient la « salle de concert »... J'y ai fait un
premier séjour à la tombée de la nuit...

Le père s'était levé pour se diriger vers sa chambre.

— Éteins ça, il est tard... J'ai besoin de dormir, et
on entend tout à côté.

Amar se contenta de baisser le volume. L'homme
aux lunettes marchait maintenant le long d'un square.
Il tendit le bras vers une grosse maison entourée de
palmiers.

— *C'est là... Les paras m'ont attaché sur une*
planche de bois et m'ont aspergé avec une eau sale
qui croupissait dans une lessiveuse... Un petit lieu-
tenant rigolard m'a bâillonné en prenant soin de
bloquer son chiffon entre mes dents... J'ai à peine eu
le temps de comprendre ce qui m'arrivait qu'un autre
soldat m'a fourré la moitié d'une pince crocodile
dans une narine... J'ai senti qu'il plaçait l'autre sur
un orteil, du même côté... Le premier coup de
magnéto m'a arraché un cri de bête, et j'ai cru que
mon cœur allait bondir au-dehors de ma poitrine...

Le père se tenait au seuil de la salle à manger, son
corps trop maigre flottant dans le pyjama à carreaux
qu'ils lui avaient offert pour son anniversaire.

— Amar, je crois que je t'ai demandé quelque
chose, tout à l'heure...

— Je ne gêne personne, papa... J'ai mis le son au
minimum... C'est à peine si j'entends alors que je
suis à deux mètres du haut-parleur !

Le père s'approcha de la table. Son index appuya sur le plot rouge de la télécommande, réduisant l'image à un point lumineux qui ne tarda pas à disparaître du centre de l'écran.

— Quand je dis quelque chose chez moi, je veux qu'on m'écoute.

Amar traîna les pieds jusqu'à la chambre du fond où dormait déjà son frère. Il fit semblant de se coucher mais revint sur la pointe des pieds jusqu'à la porte entrouverte, attendant que tout redevienne calme pour traverser la salle à manger et s'installer devant la télé rallumée, le nez presque à toucher le verre bombé. Il engagea une cassette vierge dans le magnétoscope pour enregistrer la fin de l'émission. Un gradé à la retraite, ventru, assis devant une collection de photos encadrées le montrant dans la plénitude conquérante de sa jeunesse algéroise, fixait la caméra.

— *Non, je ne me suis jamais posé ces questions de journalistes... Il est plus facile, plus reposant même, de ne rien faire, de se contenter de critiquer ceux qui agissent... Les ordres écrits n'existaient pas. On pataugeait dans la merde et le sang. Et, pour en finir au plus vite, nous n'avions à notre disposition que ces moyens bien connus qui nous répugnent...*

Le générique du documentaire défila sur une photo des régiments parachutistes martelant les pavés des Champs-Élysées de leur pas impeccable, puis l'émis-

sion marquant le trentenaire de la bataille d'Alger
se poursuivit par un débat de spécialistes. Amar se
trouva tout de suite en phase avec un gaillard au front
de plaine à blé et au menton en uppercut qui ne cessait de monter à l'assaut, sommant les historiens de
préciser leurs sources, poussant les journalistes à
donner leur appréciation personnelle, obligeant les
militaires présents à admettre la réalité policière
d'une guerre inutile. Il dominait le cercle des interve-
nants de sa stature athlétique, de sa voix claire, et
Amar se fit la réflexion qu'il était certainement plus
efficace dans sa défense d'un peuple opprimé que ces
sempiternels officiels calibrés que dépêchait l'ambassade d'Algérie. Il mémorisa le nom qui s'inscrivait
sur la chemise bleue, Jacques Desmonts. Captivé par
les échanges qui fusaient sur le plateau, son pouce
pressa le minuscule piton du volume sans même qu'il
s'en aperçoive, et il sursauta vivement quand la porte
de la chambre de ses parents s'ouvrit en couinant.

— *Vous pouvez dire ce que vous voulez... Quand
on a été parachutiste un jour, on le reste pour toujours ! On glorifie souvent les marines américains.
Ce sont des soldats d'élite, tout comme les Waffen
S.S. l'étaient également... Et pour tout dire, je pense
fermement que les parachutistes français sont beaucoup plus proches du S.S. allemand que du marine
américain... Ils n'ont pas hésité à faire pleurer aux
mères des larmes de sang...*

— C'est comme ça que tu m'écoutes ?

Le père avait traversé la pièce et sa main s'était refermée sur la zappette alors que l'intervenant blond qu'Amar s'était choisi comme champion venait de prononcer le mot *américain* au terme d'une éclatante démonstration. Il se figea un instant devant l'écran, vacilla, les sourcils froncés, et s'appuya au bord de la table. Amar vint vers lui.

— Qu'est-ce qu'il y a, papa ? Tu te sens mal ?

Il avait déjà repris le dessus.

— Je me sens mal... Je me sens mal... Bien sûr que je me sens mal, avec un fils pareil qui s'abîme les yeux à regarder n'importe quoi et qui m'empêche de dormir !

Il éteignit directement l'appareil, fit un détour vers la cuisine pour boire un verre d'eau, et retourna se coucher en emportant la télécommande avec lui.

Le soleil avait doublé depuis longtemps le sommet de la tour quand Amar se leva. Il déposa un baiser furtif sur le front de sa mère qui passait l'aspirateur autour des tapis. Le bol de café au lait fumait devant le carrelage, à droite de la gazinière. Il l'avala debout près de la fenêtre, par petites gorgées, en observant les habitants de la cité qui charriaient des sacs emplis à ras bord entre le centre commercial et les cages d'escalier. Il éleva la voix pour couvrir le bruit du moteur.

— Tu as besoin que j'aille faire des courses ?

— Oui, mais je vais m'en occuper. Ne te mets pas en retard... Tu dois être au lycée à quelle heure ?

— Le prof de techno est absent pour la semaine... Il est en stage... Je suis libre toute la matinée.

Amar l'aida à replacer les plantes en pots de chaque côté de la baie vitrée.

— Qu'est-ce qu'il avait, papa, hier soir ? Il m'a fait tout un cinéma parce que je regardais un documentaire à la télé...

Elle essuyait les feuilles du caoutchouc à l'aide d'un chiffon humide.

— Tu sais bien qu'il n'aime pas les images de guerre... Il ne met jamais le journal, pour ne pas les voir...

— Moi c'est pareil, je ne supporte pas quand je mange chez Lakdar et qu'ils laissent tout passer devant les yeux des gosses... Je ne peux plus rien avaler... Mais là, on avait fini... Et en plus, c'est pas souvent, mais ça parlait de notre histoire... J'ai besoin de savoir...

— Justement. Il n'a pas fermé l'œil de la nuit. Il a tourné dans le lit d'un côté sur l'autre, jusqu'au matin... Quand il a fini par s'endormir, il parlait tout haut... Comme s'il était retourné là-bas... Il pleurait en rêvant...

Amar s'approcha de sa mère, la prit par les épaules.

— Qu'est-ce que tu racontes ? Papa avait tout juste quinze ans en 62, quand la guerre s'est terminée...

— Et alors ? Tu crois qu'ils s'arrêtaient à ça ?
Pendant la bataille d'Alger, ils torturaient les
femmes enceintes... Un Arabe, pour eux, c'était une
menace dès qu'il bougeait dans le ventre de sa
mère... Les hélicoptères tournoyaient au-dessus de
la baie, comme des vautours. Ils jetaient les gens
par la portière, depuis les nuages... On les voyait
qui se débattaient dans les airs, et j'ai l'impression
d'entendre encore leurs cris... On dit qu'un million
d'Algériens ont subi l'électricité...

Amar serra les poings. Ses ongles marquèrent la
chair de ses paumes. C'était la première fois qu'il
était confronté à cet aspect de l'histoire des siens. Il
n'était plus retourné sur l'autre rive de la Méditerranée depuis le début de la guerre civile, six ans plus
tôt, et ne gardait du pays des origines qu'une nostalgie adolescente de plages immenses, de brûlures sur
la peau, d'odeurs et de végétation. Il ne se souvenait
pas d'une seule phrase évoquant le temps des Français, et la devise de la République, pratiquement
effacée du fronton de la mairie de Bou-Selem, était
le seul témoignage qui subsistait de leur interminable
présence. Amar posa sa question les yeux baissés, au
bord des larmes.

— Ne me dis pas qu'ils ont fait ça à papa...

Elle colla son visage à la vitre. Le rideau en Tergal
lui fit comme un voile transparent à l'abri duquel elle
trouva la force de parler à son fils.

— Ils l'ont ramassé lors d'une rafle, sur la rampe Valée, en bas de la Casbah alors qu'il revenait d'un entraînement au gymnase. On l'a accusé de faire le guet pour un des fabricants de bombes du F.L.N. qui se cachait dans le pâté de maisons.

— C'était vrai ?

Elle se dégagea pour passer le bras autour de son cou et l'attirer vers elle.

— Même si c'était la vérité, est-ce qu'on a le droit de torturer un enfant de treize ans pour qu'il dénonce son père, sa mère, ses frères ? C'est pour cela qu'en vacances il ne vient jamais se baigner ni s'allonger sur le sable... Pour qu'on ne lui pose pas de questions, sur les traces...

— Arrête, je t'en supplie ! Je ne savais pas... Mais pourquoi tu ne m'as rien dit hier ? Hein, pourquoi ?

Elle ne répondit pas et retrouva instinctivement le balancement avec lequel elle calmait ses pleurs de gamin. Il essuya ses joues d'un revers de manche.

— J'espère au moins qu'ils ont été punis, ces salauds !

— Même pas... La France a voté une amnistie sur tout ce qui s'est passé au pays... On n'a même pas le droit de prononcer le nom des coupables...

Amar échappa à l'étreinte de sa mère.

— Je m'en fiche que ce soit interdit ! C'est comme si c'était à moi qu'ils s'étaient attaqués, tu comprends ? Tu sais qui c'est ?

— À quoi ça nous servirait de le savoir ?

— Je te demande si tu sais qui c'est...

Elle remua la tête, paupières baissées.

— Non. Même ton père l'ignore. Il s'est évanoui dès les premières décharges électriques, et ne se souvient pas d'un seul nom. Juste d'un surnom que l'un d'eux a prononcé dans le feu de l'action...

— Lequel ?

Elle haussa les épaules. Un sourire douloureux anima son regard.

— Nez-Tordu.

À compter de la seconde où elle prononça ces deux mots, Amar n'eut de cesse qu'il ait trouvé celui qu'ils dissimulaient. Il essaya plusieurs fois de questionner son père sans que jamais les phrases qu'il se répétait des nuits entières parviennent à franchir le barrage de ses lèvres. Lui qui n'ouvrait jamais un livre se mit à dévorer tout ce qui concernait la guerre d'Algérie, à raison d'un volume par nuit. Le mur de sa chambre, au-dessus du lit, s'était recouvert de photos d'affiches de films, et les héros des *Années de braise* ou d'*Avoir vingt ans dans les Aurès* veillaient sur ses nuits. Une large bande de papier blanc tendue derrière la porte, des notes portées au feutre noir récapitulaient les principaux événements qui avaient rythmé le conflit, des attentats de novembre 1954 au cessez-le-feu de mars 1962. Mais c'est à l'occasion des soixante-dix ans d'un grand-oncle, fêtés tout un dimanche à

L'Olivier, un restaurant oriental de Gennevilliers appartenant à un vague cousin, qu'il recueillit les confidences de Lakdar, le meilleur ami de son père. Gamins des hauteurs de la ville blanche, inséparables depuis la plus petite enfance, ils avaient franchi la Méditerranée ensemble, à la toute fin des années 60 avec un contrat au losange en poche, quand Renault manquait de bras pour assembler ses berlines.

Ils avaient quitté la salle alors que les femmes repoussaient les tables, pour danser. Un passage étroit ménagé entre les murs des ateliers métallurgiques traversait la zone industrielle, avant de plonger sur la Seine. Ils marchaient le long des péniches nonchalantes, fronçant les yeux pour filtrer le scintillement du fleuve, tapant du pied dans des cailloux qui troublaient de vaguelettes concentriques la tranquillité des eaux. Amar avait évoqué les ratonnades d'octobre 1961, et ces centaines de frères disparus, « noyés par balles », si longtemps mis au ban des mémoires, puis, après un long silence, il s'était tourné vers Lakdar.

— J'ai appris pour mon père... Ce que les parachutistes lui avaient fait...

— Qui est-ce qui t'a dit ça ?

— Ma mère, un soir qu'ils passaient une émission sur la bataille d'Alger, à la télévision... Depuis, j'essaye d'en savoir plus mais il ne veut rien me dire, comme s'il en avait honte...

Lakdar s'était baissé pour ramasser une poignée de gravier et s'était adossé au pied d'une grue de déchargement, à l'entrée du port béton. Il se mit à lancer chaque petit projectile dans l'eau, l'un après l'autre, tout en parlant d'une voix sourde.

— On n'était que des mômes, mais on savait beaucoup de choses. On passait notre vie dehors, dans la Casbah, et forcément on voyait tout le manège des moudjahidin... On leur rendait même quelques services, porter un message, faire le guet ou bien ouvrir le passage à travers le quartier. Moi, j'ai eu la chance de ne jamais tomber entre les mains des parachutistes... Ils se vantaient de faire pire que les Allemands, pendant la guerre. Ils disaient que si la Gestapo avait été aussi déterminée qu'eux, ils n'auraient pas eu à venir s'emmerder en Algérie... Pour ton père, c'est vraiment un mauvais concours de circonstances...

— Ça veut dire quoi ?

— Ils l'ont arrêté par hasard... Il faisait du judo dans une petite salle près du cinéma Boukhired, et ce jour-là, au lieu de rentrer directement après l'entraînement, il est allé voir un film, je crois bien que c'était *Le Gaucher*, avec Paul Newman... Au même moment les parachutistes ont bouclé le quartier. Ils avaient repéré le vieux réparateur de lunettes, Kerfallah. C'est lui qui avait repris la fabrication des mécanismes de mise à feu des bombes... Ils avaient une liste de gens à arrêter, et ils ramassaient aussi tous ceux qui s'approchaient de trop près de la boutique. Quand ton père est arrivé, une heure plus tard, il s'est jeté dans la gueule du loup. Personne n'a eu le temps de le prévenir.

Il se baissa une nouvelle fois pour saisir une petite pierre plate, de la surface d'une pièce de cinq francs, qu'il propulsa violemment, d'un balancement d'épaule. Elle rebondit quatre fois sur l'eau, reprenant chaque fois son envol, avant de se briser sur le pieu avancé d'un duc-d'Albe. Amar vint s'accroupir près de lui.

— Il paraît que celui qui...

Sa voix se brisa sur les mots interdits. Lakdar tendit le bras et attira le front du jeune homme vers lui. Une mouette poussa un cri strident en tombant comme une pierre vers l'arrière du *Trimardeur*, pour aller pêcher les restes qu'une marinière jetait à la Seine.

— Tu cherches à savoir qui l'a torturé ?

— Oui... Je veux comprendre... Je ne connais qu'un surnom, Nez-Tordu... Je ne sais pas où chercher... Tu en as entendu parler ?

— Oui et, en plus, je l'ai vu...

Amar sursauta. Il se redressa, imité par Lakdar dont il enserra les avant-bras. Les questions se bousculaient sur ses lèvres.

— Tu l'as vu ? C'est pas possible ! Il ressemblait à quoi ? C'était où ?

Ils marchèrent jusqu'au pont de l'autoroute et s'arrêtèrent sous l'immense tablier de béton dont le reflet creusait une perspective dans le ciel liquide inversé.

— Ils emmenaient tous ceux qui étaient arrêtés sur les hauteurs d'El-Biar, près d'un immeuble en construction. On l'a su par le réseau des militants... Ton père y est resté près d'une semaine... Moi j'y suis allé avec des copains. On s'est approché en faisant semblant de jouer au foot au milieu de la rue. Il n'y avait rien de marqué sur le mur, près de l'entrée. On ne pouvait pas penser que ça masquait un centre de recherche de renseignements... C'était un bâtiment comme les autres, entouré de sacs de sable, de chevaux de frise, de barbelés. Sauf qu'il y entrait des tas et des tas de jeeps du régiment de parachutistes coloniaux du colonel Bigeard, le 3e R.C.P.

— C'est de ceux-là qu'ils parlaient à la télé, dans le reportage... Un Français racontait qu'il était passé entre leurs mains... Ils le torturaient à l'électricité sur une planche mouillée...

Lakdar fouilla dans la poche de sa veste, à la recherche de son paquet de Gitanes. Il l'ouvrit, maintint la languette avec le pouce et tendit l'alignement de cigarettes vers Amar. Ils inclinèrent la tête vers la flamme du briquet.

— À un moment, je ne sais pas ce qui m'a pris, j'ai balancé un grand coup de pied dans le ballon, un vrai boulet de canon, et il est passé par-dessus le muret, à droite de l'entrée gardée par une sentinelle. Il est encore là, devant mes yeux... Un béret rouge en tenue camouflée avec en plus un gilet pare-balles qui lui donnait des allures de robot. Je suis allé le voir, en me faisant tout petit, je lui ai montré le ballon qui roulait dans la cour... Il m'a fait un sourire avant d'incliner la tête pour m'autoriser à aller le ramasser.

Amar, suspendu à ses paroles, en oubliait de tirer sur sa cigarette.

— Je raconte ça comme si c'était un exploit, mais je te jure que je serrais les fesses : j'ai rarement eu aussi peur de toute ma vie ! J'ai traversé la cour. Une dizaine de paras se rafraîchissaient en discutant près d'une borne-fontaine. Ils ne faisaient pas attention à moi. Alors que je me baissais pour prendre le ballon, une porte s'est ouverte, dix mètres devant moi, et un frère est apparu sur le seuil. Un fantôme de l'enfer... Visage cassé, ongles arrachés, du sang partout... Nos regards se sont croisés, une fraction de seconde... Je me demande encore ce qu'il a pu penser en voyant un gosse, là, au milieu de leur boucherie... Juste derrière, il y avait un homme en tenue léopard, les manches de son treillis retroussées. Il bousculait le frère, pour le faire avancer plus vite. Un gars assez costaud, les cheveux blonds rasés, avec un nez qui partait de travers et qui mangeait la moitié de la joue droite.

— Nez-Tordu !

— Oui, Nez-Tordu... Un des paras qui parlaient près de la fontaine l'a appelé comme ça, et il les a rejoints en ordonnant à son prisonnier de rester debout, en plein soleil. Il est passé à deux pas de moi, en enfouissant ses mains dans ses poches, alors que je m'apprêtais à faire demi-tour. Je me souviens encore du tatouage qu'il portait à l'avant-bras droit... Un dessin étrange, le visage d'un homme encadré par deux zigzags, deux éclairs en forme de S...

Amar fronça les sourcils, recherchant dans sa mémoire où il avait déjà vu cette figure. Lakdar aspira une dernière bouffée, puis d'une pichenette il catapulta le mégot dans la Seine. Il tapa sur l'épaule d'Amar.

— À quoi tu penses ?

— À ton histoire de ballon... Pourquoi mon père ne m'en a jamais parlé ?

Lakdar s'engagea sur le chemin de terre qui rejoignait le passage étroit, entre les ateliers.

— Tout simplement parce qu'il ne le sait pas. Tu es le premier à qui je le dis...

Ils remontèrent en silence vers *L'Olivier*, enveloppé peu à peu par la musique de Khaled qui s'échappait des fenêtres ouvertes.

À Pâques, Amar consacra ses deux semaines de vacances à lire d'autres livres comme *Élise ou la vraie vie* ou *Tombeau pour cinq cent mille soldats*, à voir d'autres films comme *Les Années algériennes* ou *La Guerre sans nom*... Trois jours de suite, il avait fait la queue pendant des heures, dans les escaliers mécaniques figés du centre Pompidou, pour pénétrer dans les salles de la Bibliothèque publique d'information. Passé les tourniquets, il lui avait fallu patienter tout autant avant de pouvoir s'installer devant les visionneuses de microfilms afin de consulter les vieilles collections du *Figaro*, de *L'Humanité*, de *France Observateur*, et retrouver dans les aveuglements quotidiens des journalistes, des hommes politiques, la réalité qui sous-tendait la fiction des romans et des films. Il s'était rendu compte avec étonnement qu'à cette époque la censure veillait, surveillait, et que le moindre article était lu avant publication par des émissaires du ministère de l'Information ou les hommes gris des services de l'ombre. La parole jugée trop vraie, le commentaire trop acide, la photo trop accusatrice étaient épurés. Sur l'écran, les journaux exhibaient leurs trous de mémoire, de conscience, plages blanches de silence typographique.

Amar remettait ses bobines de microfilms au guichet des photocopies, avec la liste des articles dont il souhaitait un tirage, quand une jeune femme l'aborda en posant une main sur les boîtiers.

— On m'a dit à l'accueil que c'est vous qui aviez *Le Monde* du deuxième trimestre 1956 ?

Ses yeux se portèrent tout d'abord sur les doigts fuselés, les ongles recouverts d'un vernis transparent, puis le pull noir sur lequel se fondaient des cheveux frisés de même couleur.

— Oui... Il est là...

Elle inclina la tête, éclairant son visage, sa bouche, d'un sourire faussement timide.

— J'aurais besoin de relire un éditorial de juin... J'en ai pour dix minutes. Si ça part à la photocopie, il faudra que je revienne demain ou après-demain et que je refasse toute la queue...

Amar lui rendit son sourire et poussa la bobine du *Monde* vers elle.

Ils quittèrent ensemble la bibliothèque, une heure plus tard, s'attardèrent devant un fakir de banlieue au regard triste qui se transperçait les joues avec des aiguilles à brochettes, avant de s'installer à la terrasse d'un café de la rue Rambuteau. Stéphanie habitait Colombes, poursuivait des études de sociologie à Nanterre, et elle commanda un thé pour accompagner le demi d'Amar.

— C'est à cause de la socio que vous êtes obligée de remonter à 1956 ?

— Non, c'est mon sujet qui veut ça : je travaille sur l'utilisation du mythe de la jeunesse pendant la guerre d'Algérie... Du côté français...

Elle continua à parler, voyant Amar froncer les sourcils et piquer du nez dans sa bière.

— Même en suivant ce qui se passe en Yougos-
lavie, on a du mal à imaginer des jeunes de notre âge
qui partent à la guerre, qui perdent tout sens moral,
qui tuent, massacrent, violent... J'essaye de montrer
ce qui peut les conduire à devenir des tueurs, par
quelles techniques de manipulation on fait croire aux
jeunes que le cauchemar peut se substituer au rêve,
que la guerre les libérera à tout jamais du carcan
social, qu'elle leur apportera la fraternité, l'esprit de
corps...

Il n'écoutait pratiquement pas ce qu'elle disait,
absorbé par le mouvement de ses lèvres, l'éclat de
ses yeux, et ce tic qu'elle avait de ramener une mèche
de cheveux sous son nez, de la tirer puis de la relâ-
cher pour qu'elle se vrille en reprenant sa forme.

— Et toi, qu'est-ce que tu fais comme études ?
Histoire ?

Il bredouilla un « oui » mensonger, et il comprit, à
l'instant même où il le prononçait, qu'il lui faudrait
faire l'étudiant pour le défendre jusqu'au bout.

— Oui, à la fac de Villetaneuse. Je travaille aussi
sur la guerre d'Algérie... Du côté algérien...

Elle remua la tête.

— J'avais cru remarquer... Tu es d'où ?

— Je suis né à Saint-Denis, mais mes parents
viennent de Kabylie, un petit village dans la montagne, près de Béjaïa.

— Tu bosses sur quel thème, exactement ?

— La torture...

Stéphanie laissa s'installer le silence. Son regard
flotta sur le manège sans fin des piétons impatients
qui tentaient de traverser la rue Beaubourg avant le
rouge.

— Comment tu as fait pour trouver un prof qui
accepte un tel sujet ? D'après ce que je sais, personne
n'ose approcher des problèmes de ce genre. J'aborde
un tout petit peu la question dans un des chapitres de
mon mémoire, et je sens bien que c'est limite...

Amar agita son verre et but les quelques gouttes de
bière tiède qui mouillaient le fond. Il la fixa droit
dans les yeux.

— C'était ça ou rien. Il fallait que je le fasse, et
personne ne me tient la main. Je me débrouille
comme je peux. Je lis les bouquins historiques, je
dépouille la presse, je visionne des films, des docu-
mentaires... J'accumule...

— Tu arrives à coincer des témoins qui acceptent
de parler ?

Il remercia d'un clignement d'yeux le Pakistanais
qui proposait roses et tulipes de table en table.

— Pas des masses... Ceux qui remplissaient les
baignoires et tournaient les manettes des dynamos
sont protégés par l'amnistie. Ils ne se vantent pas de
leurs exploits, à part quelques allumés, et de l'autre
côté les victimes ne veulent pas raviver leurs souf-
frances... Ce n'est pas qu'ils veulent oublier, mais ils

ont l'impression que ça ne sert à rien de transmettre leur expérience. Ils n'ont pas conscience que leur parole nous manque.

Elle l'approuva tandis qu'il se tournait vers le bar pour commander un second demi.

— Tout finira bien par remonter à la surface. Il a fallu cinquante ans pour juger Papon, peut-être qu'il faudra attendre autant pour faire la clarté sur la guerre d'Algérie... Le temps que la génération des responsables directs passe la main.

Amar régla les consommations quand le serveur remplaça son verre.

— Attendre cinquante ans pour dire la vérité ? Tu te rends compte de ce que tu dis ? Je ne tiendrais pas, je deviendrais dingue bien avant !

Elle regarda sa montre et rassembla ses affaires.

— Déjà cette heure-là ! Il faut que j'y aille...

Ils marchèrent lentement jusqu'au métro Hôtel-de-Ville. Stéphanie se pencha à son oreille pour surmonter le bruit de la circulation.

— Regarde d'un petit peu plus près tous ceux qui parlent à la télé... La plupart de nos responsables politiques ont entre soixante et soixante-dix ans. Ils ont passé une partie de leur jeunesse en Algérie, à des postes de responsabilité... Jacques Chirac dirigeait un commando de chasse, Chevènement faisait partie des services de renseignements de l'armée, Le Pen s'est porté volontaire dans les parachutistes en pleine bataille d'Alger... On serait surpris si on demandait à chacun de faire la clarté sur ses états de service... J'ai tout un tas de documents là-dessus, si ça peut te servir...

Il saisit la perche qu'elle lui tendait, et l'accompagna jusqu'à Denfert-Rochereau. Il lui avoua, dans l'escalier, que son père avait été torturé, à Alger. Deux vendeurs de journaux s'engueulaient dans le métro, le diffuseur de *La Rue* reprochant à celui du *Réverbère* de ne pas être très regardant sur la teneur des articles de son canard.

— Lis un petit peu ce que tu vends ! Ton torchon ne parle que de lobby juif, de conspiration des francs-maçons, d'immigration sauvage... Ce n'est pas la solidarité que tu défends, mais la haine que tu propages...

— Je ne pige vraiment rien à ce que tu me racontes... Je ne sais même pas, moi, ce qu'il y a dedans... C'est pas parce qu'on vend quelque chose qu'on est d'accord avec. Le type du troquet où j'achète mes cigarettes, il a arrêté de fumer depuis des années, ça ne l'empêche pas d'être tabac...

Les passagers de la rame détournaient la tête, essayant d'effacer de leur réalité cette querelle de pauvres à laquelle ils ne comprenaient rien. Stéphanie habitait au-dessus d'une boulangerie, sur le boulevard Raspail. La vapeur des cuissons grimpait les étages au moindre courant d'air, et ils firent l'amour dans une odeur de pain chaud. Elle descendit à la boutique, tandis qu'Amar faisait du café, et revint les bras chargés de croissants. Elle retint sa main quand il approcha la pointe croquante de ses lèvres.

— Tu sais d'où ça vient, les croissants ?

— Bien sûr : d'en dessous...

Ils éclatèrent de rire, s'embrassèrent à pleine bouche.

— Qu'est-ce que tu es bête ! Je te demandais si tu savais pourquoi ils ont cette forme-là. Quand est-ce qu'on les a inventés...

Il haussa les épaules.

— Les brioches, les pains au lait, les pains au chocolat, on appelle ça des viennoiseries. À mon avis, il faut chercher du côté de l'Autriche. Non ?

Il comprit à ses mimiques qu'il n'avait pas pris la meilleure direction.

— Pas du tout ! Les croissants, c'est un souvenir des croisades. Le croissant symbolise le Turc, et le dimanche, jour du Seigneur, les bons catholiques se faisaient un devoir de tuer un Infidèle en l'avalant dès le début de la journée. Tu vois, des siècles après, on n'en est toujours pas sortis...

Amar reposa le croissant sur la table pour saisir une brioche.

— Là je ne crains rien ? Ce n'est pas un blasphème ? Pas d'offense ?

Elle but une gorgée de café pour accompagner la bouchée.

— Pas à ma connaissance... Tu auras le courage de jeter un coup d'œil aux documents dont je t'ai parlé ? Je peux aller les chercher dans la bibliothèque.

— Je préférerais revenir, si ça ne te dérange pas...

Ils se retrouvèrent chacun des jours suivants, s'aimant au rythme des fournées, se gavant d'assortiments de viennoiserie d'où était bannie l'incarnation gourmande de l'intolérance, puis plongeant, lorsqu'il leur restait un peu de temps et d'envie, dans les pages maudites des guerres de décolonisation. Les vacances touchaient à leur terme quand Stéphanie annonça à Amar qu'elle devait s'absenter pendant le week-end.

— J'ai rendez-vous avec mon directeur de recherches, pour faire le point sur l'avancement de mon travail... Il a une maison au-dessus de Fécamp, au bord de la falaise.

Il n'essaya même pas de dissimuler son dépit, sa jalousie, amorçant ce qui aurait pu devenir leur première véritable scène.

— C'est bien dommage que tous les enseignants ne fassent pas preuve d'autant de conscience professionnelle et d'esprit de sacrifice...

Stéphanie avait déjà ouvert son répertoire et décroché le téléphone. Son index pianotait sur les touches. Amar s'approcha.

— Qu'est-ce que tu fais ?

— Il vit avec sa femme et ses petits-enfants. Je vais les prévenir que moi non plus je ne serai pas seule. Ils m'ont toujours proposé de venir avec un copain ou une copine.

Elle lui fit signe qu'on avait décroché.

— Allô, madame Desmonts... Bonjour, c'est Stéphanie Delgado. Je voulais vous dire que samedi je risque d'être accompagnée... Ça ne pose pas de problème ? Merci. À très bientôt.

Stéphanie conduisait trop vite, au goût d'Amar. Il lui avait proposé à plusieurs reprises de la remplacer au volant de la Golf, mais elle lui rétorquait à chaque fois que ce n'était pas possible, pour une question d'assurance. Ils traversèrent Fécamp désert à l'heure du déjeuner, et grimpèrent en direction du prieuré de Bourg-Baudoin. Stéphanie bifurqua dans un petit chemin creux juste avant le sommet de la falaise puis serpenta entre les vestiges des lignes de défense allemandes. Elle rejoignit bientôt un tronçon de route bétonnée sur laquelle devaient manœuvrer les blindés du maréchal Rommel et passa à quelques mètres des ruines d'une rampe de lancement de missiles. La maison du professeur Desmonts se trouvait à une centaine de mètres de là, masquée par un rideau d'arbres qui protégeait le jardin d'agrément des coups de vent. Amar eut un choc quand le maître

des lieux, front haut, chevelure blonde, stature impo-
sante, vint à leur rencontre alors que Stéphanie le
prenait par l'épaule pour le lui présenter. Elle siffla
entre ses dents.

— Qu'est-ce qui t'arrive ? Avance ! C'est toi qui
as insisté pour venir.

— Desmonts... Desmonts... Je n'avais pas réagi
quand tu prononçais son nom... Je l'ai vu dans une
émission sur la bataille d'Alger, à la télé... Je la
connais presque par cœur... Je me suis engueulé à
mort avec mon père à cause de lui.

Le professeur se montra le plus prévenant des
hôtes. Il les installa, à table, aux deux places d'où
l'on apercevait la mer et prêta de fortes jumelles à
Amar en lui indiquant la zone, à l'horizon, dans
laquelle croisaient les navires. Il parvint à repérer
plusieurs porte-conteneurs, un pétrolier et une fré-
gate militaire que le professeur, après un rapide coup
d'œil, lui certifia de nationalité anglaise.

— Vous avez beaucoup de chance d'être venus
aujourd'hui... Le temps est rarement aussi clément. Il
n'y a pratiquement pas de vent, et on voit même
l'arche d'Étretat, ce qui ne doit arriver qu'une
dizaine de fois dans l'année, tout au plus... N'est-ce
pas, chérie ?

Sa femme, qui contrairement à lui était native du
Calvados, mit le poids de son expérience héréditaire
dans un mouvement de tête approbateur. Ils se levè-

rent tous, vers trois heures, pour débarrasser la table
et enfourner les couverts dans le lave-vaisselle. Le
professeur Desmonts avait hâte de prendre connaissance du travail de Stéphanie, et proposa à Amar
d'accompagner son épouse et ses deux petits-enfants
dans une promenade digestive qui lui permettrait de
découvrir la beauté sauvage de cette partie de la côte
normande. Amar y décela comme une tentative
d'éloignement, et s'étonna que la femme du professeur ne réagisse à la manœuvre que par un sourire
redoublant l'invitation.

— J'ai conduit tout le long, depuis Paris... Je
préférerais me reposer un peu, si c'est possible. En
plus je suis décalé avec l'arrivée de l'heure d'été.

Tout le monde abonda dans son sens, souhaitant
qu'on en finisse avec cette aberration. On lui montra
sa chambre, sous les combles, tandis que Stéphanie
et le professeur Desmonts prenaient possession du
salon-bibliothèque aménagé dans ce qui avait été,
autrefois, une étable. Il ouvrit le vasistas et se mit sur
la pointe des pieds, sous le chien assis, pour apercevoir les enfants qui couraient entre les blockhaus en
jetant des morceaux de bois que le cocker rattrapait
au vol. Il prit une douche, puis occupa son temps à
feuilleter les revues posées près du chevet.

Trois quarts d'heure plus tard, n'y tenant plus,
il quitta sa chambre et descendit l'escalier de bois
en retenant ses pas pour ne pas faire grincer les

marches. Il traversa la salle à manger, longea la cuisine et vint se placer dans le petit couloir qui menait au salon. Il tendit l'oreille. Ce qu'il perçut de la conversation le rassura : Stéphanie justifiait l'un des axes de son travail, argumentait pour contrer les objections de son directeur de thèse. Amar s'apprêtait à se diriger vers l'escalier quand un léger courant d'air poussa une porte qui donnait dans la salle à manger. Il aperçut une vaste chambre au milieu de laquelle trônait un lit rond de plus de deux mètres de diamètre. Il s'approcha, tout autant intrigué qu'amusé, et se rendit compte que la cloison de la pièce était remplacée par une immense baie vitrée d'où le regard se perdait sur le ciel et les flots. Il pénétra dans la chambre et s'abîma un moment dans la contemplation du paysage, suivant le mouvement des mouettes qui se laissaient porter par les courants, au-dessus du cap Fagnet, avant de piquer vers les vagues.

Son regard fut attiré par une série de reliures plein cuir alignées sur les étagères d'une étroite bibliothèque coincée entre deux penderies. Il tira vers lui l'un des volumes qui portait sur la tranche deux dates, 1991-1995, pour seules indications. Il se rendit compte en l'ouvrant qu'il s'agissait d'un album de photos. Le professeur Desmonts figurait sur pratiquement tous les clichés, la plupart du temps dans le plus simple appareil sur l'une des plages encaissées qui se cachaient au pied des falaises. Sa femme apparaissait de temps à autre, harnachée de cuir, et Amar s'attarda sur ses formes sportives. Il reposa la dernière collection en date, et se saisit du volume qui concernait les années 1971-1975. La majeure partie des photos avait été prise lors des vacances du couple au Maroc, en Amérique du Sud, au Brésil ainsi que lors de plusieurs mariages de proches. C'est en se baissant vers les étagères inférieures que le regard d'Amar se fixa sur l'album portant les dates 1956-1960. Son cœur se mit à battre à tout rompre quand le portrait en pied de Nez-Tordu apparut sur la page de garde. Il se mit à tourner les pages, le souffle coupé. Le tortionnaire était présent à toutes les pages, le torse bombé dans son uniforme bariolé de parachutiste colonial. On le voyait conduire une jeep dans les rues d'Alger, conduire des suspects vers une destination trop connue, brandir une bouteille de bière en direction du photographe. Sur un cliché, manches retroussées, il faisait une démonstration de démontage d'un fusil mitrailleur, et Amar distingua nettement le visage d'homme encadré par deux éclairs zigzags tatoués sur son avant-bras droit. Il souleva la photo pour lire la légende portée au verso : « Adjudant-chef Desmonts, Alger, septembre 1956. » L'intervention chirurgicale qui lui avait permis de se faire redresser le nez occupait plusieurs feuillets de l'album, à la charnière de février et mars 1960...

Amar préleva une douzaine de clichés qu'il glissa
dans la poche de son jean et regagna sa chambre. Il
demeura longuement sous la douche pour calmer la
rage et chasser l'angoisse qui montaient alternative-
ment en lui, comme des marées. Il ne desserra pratiquement pas les dents de tout le repas du soir, se
contentant de sourires crispés pour remercier du passage des plats. Stéphanie et le professeur eurent la
bonne idée de continuer à ergoter sur les techniques
de présentation de leur travail, et personne ne remarqua son état. Peu après le café, Desmonts proposa
d'aller faire un tour sur le chemin des naufrageurs.

— En fait, c'est tout simplement un passage de
contrebande... Les bateaux s'abîmaient seuls sur les
rochers à cause d'un bras du Gulf-Stream assez
retors qui rase les falaises... On va longer les fortifications édifiées par les Anglais, lorsqu'ils occupaient
le pays, pendant la guerre de Cent Ans...

Stéphanie tenta de convaincre la femme du professeur de se joindre à eux, mais elle avait eu son
content d'air pur, puis il fallait qu'elle s'occupe des
petits. Desmonts se munit d'une lampe torche et se
porta en tête. Ils traversèrent le jardin, contournèrent
le premier blockhaus pour accéder au sentier creusé
dans la terre calcaire. Le vent s'était levé, poussant
les silhouettes vers la mer. Desmonts venait de stopper près d'une excavation. Il pointa le faisceau de sa
lampe vers les ténèbres.

— La plage est à cent vingt mètres, en ligne directe...

Stéphanie crispa ses mains sur le bras d'Amar et se pencha en frissonnant. Ils reprirent leur marche vers la pointe la plus avancée que déformait l'ombre d'un bunker. La jeune femme se détacha d'Amar.

— J'en ai pour une minute, je vous rejoins...

— Tu vas où ?

— Là où personne ne peut aller à ma place...

Il la regarda s'éloigner derrière le socle d'une D.C.A. et accéléra le pas pour se porter au côté de Desmonts. Le professeur le retint.

— Attention... Le sol est instable par ici... Il y a une passerelle de deux mètres qui permet d'accéder au point de vue. Restez derrière moi et prenez soin de placer vos pas dans les miens...

Il suivit le conseil à la lettre. Quand Desmonts voulut se retourner pour décrire le panorama, Amar plaqua ses deux paumes sur son dos et poussa de toutes ses forces.

Nez-Tordu ouvrit les bras, moulina pour essayer de se maintenir sur la terre ferme. Soudain sa chute s'accéléra, et c'est tout juste s'il songea à crier. Comme en Algérie, quarante années plus tôt, sa main, dans un réflexe parfait, se porta vers l'arrière pour saisir la commande manuelle d'ouverture de son parachute. Ses doigts se refermèrent sur le vide qui, déjà, l'engloutissait.

Passage d'Enfer

11 mai 1998, Palais de justice de Paris

Marie-Aude Talin récapitulait dans sa tête la liste des invités. À une certaine qualité de silence autour d'elle, elle comprit soudain que c'était à son tour de parler. Elle se leva, agita les mains, les poignets pour faire glisser l'étoffe, prit appui sur la barre, et laissa peser son regard sur les avocats de la partie adverse avant de se tourner vers le président et ses deux assesseurs. Elle laissa s'installer le silence. Elle avait posé près d'elle une pile de documents annotés. La profusion de marque-pages dépassant des tranches des livres, les post-it fluo collés sur les fiches n'appartenaient pas tous à l'affaire jugée en cette étouffante fin d'après-midi. Un tiers, tout au plus, mais elle en disposait comme d'un rempart de papier destiné à dissimuler la pauvreté de son argumentaire. Un faux-semblant. Deux ou trois pièces de moyenne importance repérées par de minuscules trombones violets y étaient dissimulées, et elle prendrait tout le temps d'aller les prélever, au milieu de sa plaidoirie, de les brandir, pour souligner encore davantage la force supposée de ses positions. Cette botte secrète lui avait été léguée par le défenseur de toutes les causes indépendantistes et révolutionnaires, maître Matuet, l'inventeur du concept de « défense en rupture », dont elle avait été l'assistante pendant près d'une quinzaine d'années. Après avoir rappelé les grandes lignes de l'affaire, du point de vue de son client, Marie-Aude se pencha vers sa documentation en tira un procès-verbal fortement annoté et posa des lunettes à fine monture sur son nez.

— Je voudrais lire ce que Mme Sommer déclarait à la police le soir même de l'agression : *L'homme qui s'est jeté sur moi dans le parking souterrain où je venais reprendre ma voiture était de taille moyenne et de type maghrébin.* Je voudrais vous faire remarquer, monsieur le Président, qu'il me semble que cette caractérisation n'est pas celle qui viendrait communément à l'esprit pour décrire Abdelaï Bouziz. Vous pouvez constater qu'il a la peau très noire, et que dans un premier mouvement on serait enclin à le dire plutôt « Africain »... J'aimerais demander à Mme Sommer ce qui l'a poussée à le désigner comme « Maghrébin »...

Une femme à la cinquantaine enveloppée s'extirpa d'une travée et rejoignit l'avocate près de la barre.

— C'est les policiers qui m'ont dit qu'il ne fallait

pas mettre « Arabe » ou « Noir », pour pas que ça
fasse raciste... D'après eux, « Maghrébin » on peut
l'écrire, c'est plus correct...

Marie-Aude se pencha vers la plaignante.

— Ils ne vous ont rien suggéré d'autre dans votre
déposition ?

L'avocat de Mme Sommer se dressa dans un frois-
sement de linge.

— Ces insinuations sont intolérables, monsieur le
Président ! Intolérables. Maître Talin est coutumière
de ce genre de diversions. Elle tente de semer le
trouble en nous faisant perdre le cœur du débat, en
suggérant que la police aurait manipulé Mme Sommer et nous aurait offert un coupable idéal. M. Bouziz est noir, c'est évident, mais cela ne l'empêche
nullement d'être Maghrébin. J'ai sous les yeux sa
fiche d'état civil qui nous apprend qu'il est né à Moh-
drab, dans le Sud marocain, et, que je sache, ce pays
est partie intégrante du Maghreb.

Au sourire discret avec lequel le président lui
rendit la parole, Marie-Aude sut qu'elle avait marqué
un point. Cet avantage pris d'entrée lui permit de
ménager ses effets, de différer ses autres attaques
en fin de plaidoirie, et quand deux heures plus tard le
jugement fut mis en délibéré, la peine réclamée
contre Abdelaï n'était que d'un an de prison dont
la moitié sous le régime du sursis. Elle vint lui
dire quelques mots d'apaisement avant que les

gendarmes ne l'emmènent vers la souricière, puis elle déposa ses affaires au vestiaire. Victor l'attendait engoncé dans la moleskine lie-de-vin, sous la pendule cuivrée du *Bar du Palais*, promenant sur le monde son regard des mauvais jours. Elle se pencha pour lui effleurer les lèvres et commanda un bourbon.

— Tu vas bien ? Ça s'est passé comment avec Irène ? Elle a lu ce que tu as écrit pour elle ?

Victor hocha la tête.

— Je ne sais pas si je vais pouvoir tenir le coup... Le traquenard de la dernière fois, c'était pas un hasard ! Tout à l'heure, elle s'est jetée sur les deux chapitres que je lui apportais. Un truc sur l'Inde, cette fois. Elle les a lus, puis m'a fait entrer dans le salon. On devait être seuls, normalement, mais il y avait une dizaine de personnes... À peu près les mêmes que l'autre semaine...

Marie-Aude fit tournoyer le glaçon sur les bords de son verre.

— Elle est chez elle...

— Oui, je sais... Madame est ambassadrice, ou plutôt femme d'ambassadeur, et comme cela ne comble pas son ego elle se pique de devenir écrivain de renom... Comprends-moi bien, je me fiche de faire le nègre pour ton amie d'enfance. Je n'y mets pas la même passion que dans mes romans, mais j'y travaille sérieusement.

— Personne ne te fait de reproches, Victor... Irène est très satisfaite de la manière dont tu mènes son histoire... Où est le problème ?

Il alluma un petit Davidoff avec un briquet de prix.

— Le problème, c'est qu'elle me piétine ! Elle ne lit pas mon texte, elle l'ingère ! Elle s'en nourrit. Dès qu'il est passé sous ses yeux, c'est comme si je n'y étais plus pour rien. Elle déclame des passages en me demandant mon approbation. Sur mes propres phrases, tu te rends compte ? Et si ce n'était que ça ! Non, on passe au salon. Là, elle me présente à ses amis comme son secrétaire particulier, et s'approprie encore davantage le roman en me faisant des remarques, en me demandant de lui préparer de la doc, en me donnant des directives de recherches pour alimenter sa création ! Je prends des notes, je me force à sourire... Personne ne se doute que la lauréate du Grand Prix de l'Académie française à un nègre : tout le monde pense qu'elle a un gigolo !

— Ce que tu n'as pas digéré, c'est d'avoir eu un prix prestigieux sous son nom, alors que la critique dédaigne ce que tu signes...

Victor rejeta longuement la fumée de son cigarillo vers le plafond.

— J'ai pris mes précautions pour la postérité... Le jour où cela s'avérera nécessaire, je pourrai prouver que je suis le véritable auteur du *Foulard de Bali*. Il ne faut pas qu'elle en fasse trop. Tu peux le lui dire.

L'avocate vida son verre d'un trait et reposa son verre près du cendrier.

— Je n'ai pas l'habitude de jouer au petit télégraphiste... Cette preuve du *Foulard*, c'est quoi exactement ?

— Un acrostiche meurtrier à la manière de *Fils du peuple*...

Marie-Aude prit un cigarillo. Il tendit son Dupont.

— Tu es sûr que tu vas bien ? Je ne comprends rien à ce que tu me racontes. Irène sera là demain soir, je l'ai invitée avec son antique ambassadeur. J'espère que tu ne feras pas de scandale.

— Je me tiens toujours bien, c'est ce qui fait mon charme... Ton mari sera là, lui aussi ?

— François est à Madrid depuis hier pour une réunion au sujet de cette usine Renault qu'ils veulent fermer à Barcelone. Il m'a promis de revenir à temps pour la fête. (Elle se pencha vers lui.) Tu as prévu quelque chose pour ce soir ?

11 mai 1998, passage d'Enfer

Marie-Aude et François Talin avaient longtemps habité boulevard Bourdon, à deux pas du bassin de l'Arsenal. Certaines matinées dominicales d'août, il leur arrivait de prendre leur déjeuner sur la terrasse, dans les cliquetis des drisses, et de rester des heures entières accoudés à la balustrade à regarder les mouvements des voiliers. Pendant les premiers mois de leur installation passage d'Enfer, la proximité du fleuve ne leur avait pas manqué, et ils s'étaient résignés à demeurer dans l'unique arrondissement de la rive gauche, le quatorzième, à ne pas jouxter la Seine, alors que c'était le cas de la grande majorité des arrondissements droitiers. Jusqu'à ce jour où le libraire de Campagne-Première avait forcé la main à Marie-Aude pour qu'en plus de *Libé* et du *Figaro* elle jette un œil au nouveau mensuel d'informations locales, *La Feuille du XIV⁰ arrondissement*. Le fanzine, huit pages en noir et blanc, titrait sur le plan vélo, revendiquant des rues sans autos, des trottoirs sans motos. Il épousait les préoccupations écolourbaines de cette couche de petits cadres qui se saignaient aux quatre veines pour avoir encore les moyens de s'offrir une adresse à Paris, et qui sublimaient leurs privations en menant des combats acharnés pour la préservation de l'identité « villageoise » de leur quartier. Tout à la recherche d'un décor doisneauisé, on se battait pour conserver un bec de gaz, une impasse pavée, une enseigne émaillée, mais on laissait filer les ateliers, les fabriques avec tous ceux qui les peuplaient sans se rendre compte que c'étaient eux, justement, les garants de cette identité. Un article évoquait l'action de l'OCRAT, une mystérieuse « Organisation pour la connaissance et la restauration d'audessous-terre », et Marie-Aude avait appris que les vestiges de deux aqueducs souterrains subsistaient sous les remblais de la zone d'aménagement concerté d'Alésia-Montsouris. Le plus ancien, gallo-romain et baptisé « aqueduc de Lutèce » était protégé par un classement archéologique, tandis que le second, construit sous Henri IV pour alimenter le palais de Marie de Médicis, transformé plus tard en Sénat républicain, se trouvait directement sous la menace des pelleteuses. Elle s'aperçut également que les rivières du Loing, du Lunain, de la Vanne, à défaut de faire partie du paysage, traversaient l'arrondissement en tous sens pour alimenter les réservoirs de l'avenue Reille et de la Tombe-Issoire.

Le piétinement de sa propre dignité auquel s'était livrée l'ambassadrice distinguée pour « ses » *Foulards de Bali* travaillait Victor, et il ne fit qu'une bouchée nerveuse, mécanique, des attentes de son amante. Marie-Aude fila vers la salle de bains florentine, s'installa sur le bidet en regardant les reflets de son corps morcelé par les éclats de miroir incrustés dans le marbre de la frise, puis, une serviette autour des reins, elle se servit un généreux bourbon qu'elle sirota en vérifiant la liste des invités pour la soirée du lendemain. Victor vint poser une fesse nue sur l'accoudoir du fauteuil dessiné par Peduzzi dans lequel elle s'était lovée, et laissa traîner son regard sur les noms. Tout ce qui comptait dans le cinéma, le journalisme, l'édition ou la politique était référencé, et une petite croix portée au crayon-mine à la suite du patronyme majuscule indiquait l'accord de principe. Il pointa le doigt à la fin d'une ligne.

— Tu ne peux pas faire venir Delbet s'il y a déjà Ridder !

Elle leva son visage vers lui, vaguement ironique.

— Et pourquoi donc ?

— C'est de la pure provocation ! Ridder a écrit des tas d'insanités en faveur des Serbes de Karadjic, tandis que Delbet paradait à Zagreb, chez les Croates, dans les dîners officiels du président Tudjman ! Ils vont s'étriper...

Deux phrases lui suffirent pour se venger de son insatisfaction.

— Ne te fais pas de souci, Victor : ce sont des romanciers, ils ne se battent qu'avec des mots. On sait depuis longtemps que l'encre n'est qu'un sang symbolique...

Il se redressa, se grattant l'entrejambe d'une main, le crâne de l'autre, et se dirigea à son tour vers la salle de bains. Il dédaigna la vaste baignoire circulaire et présenta son corps aux multiples jets du caisson hydromassant tandis que Marie-Aude, portable sur l'oreille, confirmait l'heure des réjouissances aux répondeurs de ses invités.

12 mai 1998, boulevard Raspail

Guy Chaplain se soulagea dans l'édicule Decaux planté au coin de la sinistre rue Richard qui coupait

le cimetière Montparnasse en deux parties inégales.
Il se rajusta et déboucha sur le boulevard, face au
lycée technique Raspail qu'il avait squatté avec
quelques amis de rencontre, quelques mois plus tôt,
avant que la mairie n'en mure les issues. Il fit une
pause, dans le square triangulaire, puis se mit en
devoir de remonter la rue Campagne-Première pour
atteindre le boulevard Montparnasse avant que les
restaurants n'aient absorbé les bataillons de spectateurs libérés par les cinémas. C'était le meilleur
moment de la journée, pour la manche. En deux
heures il ramassait assez pour s'offrir un sandwich
turc, quelques bières, et partager avec un copain
de galère l'une des piaules qu'avait aménagées
un boulanger du secteur dans les garages qu'il pos-
sédait, porte de Gentilly. À cinquante balles par tête
de pipe, ça rapportait bien davantage d'héberger
des clodos que d'abriter des autos... Guy Chaplain
jeta un regard rapide à la façade de l'hôtel *Istria*.
Une plaque vissée au mur, près des menus, rappelait
qu'au début du siècle Picabia et Duchamp, Rilke
et Tzara, Maïakovski et Aragon fréquentaient l'établissement. Heureux temps, disait la légende : les
patrons, accueillants, n'écoutaient pas que la musique
du tiroir-caisse ; les traîne-savates trouvaient toujours table et lit ouverts qu'ils payaient d'un poème,
d'un croquis sur une nappe ou d'une promesse... Il
s'était arrêté devant les grilles du passage d'Enfer,

une cigarette au bec, les mains dans les poches de sa veste, à la recherche de sa boîte d'allumettes, quand un pouce décapsula un Dupont en or massif à deux doigts de son nez. Il embrasa le bout de sa Gauloise à la flamme bleutée, tira une première bouffée sans même lever les yeux vers son bienfaiteur.

— Merci, monsieur, c'est bien aimable à vous...

— Les temps ont changé, tu me donnes du « vous » et du « monsieur » maintenant ? Tu ne me reconnais pas, Guy, ou bien tu le fais exprès ?

Guy Chaplain décolla la cigarette de ses lèvres, et contempla tour à tour les chaussures de marque, le costume de bonne coupe, la boucle argentée de la ceinture puis la chemise de soie de l'inconnu qui se tenait devant lui. Son regard fatigué vint se poser sur les traits de l'homme au Dupont, et des souvenirs venus d'une époque qu'il croyait définitivement morte affluèrent. Il se maîtrisa pour que rien ne soit visible du trouble qui affolait son cœur. Il renifla bruyamment et reprit sa marche.

— Vous devez faire erreur, monsieur...

La main s'abattit sur son épaule. Il ne chercha pas à se dégager.

— Ne fais pas le con, Chaplain, je sais bien que c'est toi ! À quoi tu joues ? Même le plus dingue des savants ne réussirait pas un clone aussi parfait... Tu te souviens de moi... Victor... Victor Dalosis... On était ensemble aux Arts appliqués de 66 à 68... On se battait comme des chiens pour prendre le contrôle du comité de grève... Moi pour le compte de la Ligue et toi pour les maos de l'Humanité rouge... Ça y est, tu me remets ? Reste pas comme ça, dis quelque chose.

Ce n'était pas la première fois que Guy Chaplain se trouvait confronté à des fantômes de son passé. Il lui était déjà arrivé, sur le boulevard, de croiser un ancien voisin, une vieille copine, un ex-collègue... Jusqu'à maintenant il lui avait suffi de rentrer la tête dans les épaules, de se dissimuler derrière des passants, des badauds, de fuir si par inadvertance les regards se rencontraient. Il n'avait en mémoire qu'une seule fuite panique, un an auparavant, quand il avait aperçu sa femme et son fils sur le parvis de la gare. Ce qui le fit capituler, c'est le poids humain de cette main, sur son épaule, alors que tous, dans le monde normal, s'ingéniaient à fuir le moindre contact avec ceux d'en bas. Il sentit les larmes gonfler sous ses paupières. Les mots s'étranglèrent au fond de sa gorge.

— Salut... Salut, Victor...

Puis il éclata en sanglots. Victor l'entraîna vers l'*Istria*, et l'installa sur une banquette qui, selon une information gravée dans le cuivre d'une étiquette, avait accueilli les rotondités de Kiki, modèle de Foujita, de Kisling, égérie des surréalistes. Guy Chaplain se confia, l'espace de deux bières.

— Je ne veux pas t'emmerder avec mes histoires. Elles n'intéressent personne. Tu as autre chose à faire...

Victor était sincère quand il lui répondit qu'il repensait souvent à leurs affrontements idéologiques, trente ans plus tôt, et qu'il s'était fait à plusieurs reprises le reproche de n'avoir pas maintenu de liens avec ses anciens condisciples.

— Qu'est-ce que tu fais exactement, maintenant ?

— Je pleure comme un môme, dès que j'ai une bière dans le nez... Je ne fais rien, ou plutôt j'essaye de survivre, et ça demande des efforts absolument terribles... Je suis tombé dans la rue il y a deux ans. J'avais une petite boîte de communication qui a plongé à cause d'un gros contrat qui m'a foiré dans les mains... Les dettes, les huissiers... pour tout arranger, je venais juste de divorcer... En trois mois de temps je n'avais plus rien, plus de carte de crédit, plus de bagnole, plus de logement, plus de téléphone mobile. Rien. Le trou noir... Quand tu en es là, il ne te reste plus qu'une chose : ta dignité. Il faut se maintenir debout, se laver, se raser, laver ses fringues. Sinon, tu es fini, tu ne vaux pas plus cher que la merde de chien qui est posée à côté de toi, sur le trottoir... J'en ai vu passer, crois-moi... Le signe que ça se détraque, c'est quand le mec pisse en pleine rue, contre la façade d'un magasin ou dans un recoin. Il ne faut pas perdre le respect. Je me

suis toujours battu pour avoir les deux balles d'un
Decaux.

Il asségha son demi Triple-blonde et picora
quelques chips.

— Je ne vais pas te réciter *Les Misérables*, il n'y
a rien d'original, tu les connais aussi bien que moi...
Tu fais toujours de la peinture ?

Victor fit tinter ses glaçons au fond de son verre.

— Non, j'ai laissé tomber. Complètement. Je n'ai
pas tenu un pinceau depuis au moins quinze ans. On
m'aurait dit ça, à l'époque...

— Tu fais quoi, alors ? En tout cas, tu as bonne
mine, tu as l'air de bien t'en tirer.

Il haussa les épaules, par modestie.

— J'écris... J'ai publié trois ou quatre romans, et
des nouvelles par-ci, par-là.

— Je passe pas mal de temps aux devantures
des librairies, mais j'ai jamais vu ton nom sur une
couverture... À moins que tu signes sous pseudo.
C'est assez courant.

Victor chassa le spectre du nègre de l'ambassadrice.

— Non, j'ai toujours affiché la couleur : Victor
Dalosis... Je ne suis pas en tête des ventes, mais,
comme on dit, je bénéficie d'un succès d'estime. J'ai
quelques exemplaires de mes bouquins juste à côté,
chez une amie. Elle organise une petite fête. Le
buffet est toujours somptueux. Viens manger un morceau avec nous.

Guy Chaplain n'avait rien avalé de sérieux depuis le matin, et la bière belge lui tournait la tête. Il se laissa conduire.

12 mai 1998, 22 heures passage d'Enfer
Victor et Guy poussèrent la grille, rue Campagne-Première, et s'engagèrent dans le passage d'Enfer. Les hautes façades grises, jumelles, d'une sorte de cité artisanale et ouvrière encadraient une voie pavée flanquée d'étroits trottoirs qui formait un coude et reliait la rue de l'hôtel *Istria* au boulevard Raspail. La lueur jaune des réverbères ajoutait au charme de l'endroit miraculeusement préservé de la circulation et même du stationnement. Ils croisèrent Marie-Aude qui faisait les honneurs de son quartier à un couple d'élégants, lui en Yves Saint Laurent, des lunettes aux pointes de souliers, elle en Paco Rabanne, des boucles d'oreilles à la pointe des seins. Jusqu'à la voix qui était métallique.

— Comment avez-vous déniché cet endroit magnifique ! C'est très mode, incontestablement, mais dans le même mouvement il y a comme l'âme de Paris. Hugo et Balzac ont dû fouler ces pavés... Et Nerval fréquentait ce quartier, m'a-t-on dit...
Victor immisça son ironie.
— Je peux vous confirmer que Balzac a vécu non loin d'ici, rue Cassini, et que ces candélabres ont été érigés en mémoire de Nerval.

La maîtresse des lieux éluda les présentations.

— Je suis passé devant des dizaines de fois sans rien remarquer, et il a fallu que Jean-Paul Gaultier décide d'y organiser l'un de ses défilés pour que je me décide à y entrer.

L'appartement de Marie-Aude et François Talin avait été aménagé sur les trois niveaux précédemment occupés pendant plus d'un siècle par un relieur-gaufreur, et ils avaient tenu à conserver au rez-de-chaussée un peu de l'atmosphère particulière des ateliers. L'ameublement moderne mettait en valeur les armoires à casiers et les outils de l'artisan. Victor salua la majeure partie des trente personnes qui peuplaient fauteuils et canapés, se tournant vers Guy, entre deux effleurements de joues, pour lui dresser l'inventaire des invités.

— Lui, il est dans ta partie... C'est Bourdeix, un des meilleurs amis de François, le mari de Marie-Aude. Il dirige le secteur communication institutionnelle de Publicis, la pub des ministères, des entreprises nationales... On reviendra prendre un verre avec lui, il pourrait t'être utile.

Ils accédèrent au premier buffet, celui des amuse-gueule, tenu par trois jeunes serveurs en veste blanche, nœud papillon et pantalon noir. Canapés au caviar rose, lamelles de foie gras d'oie, dés de poissons fumés. Guy dégarnissait consciencieusement les premières rangées du plateau devant lequel il se trouvait quand Victor le tira par la manche pour lui montrer un petit homme chauve au visage boursouflé, carrure de catcheur, les dents plantées sur un énorme cigare, qui venait d'entrer dans la pièce au bras d'une rousse somptueuse.

— Tu le reconnais celui qui arrive, là ?

— Sa tête me dit quelque chose... Surtout ses yeux... Attends, laisse-moi me rappeler tout seul... C'est pas possible ! Ne me raconte pas que c'est Pedro !

— Si, pourtant... J'ai bossé avec lui pendant plus de trois ans quand il dirigeait la filière européenne d'aide aux déserteurs américains, pendant la guerre du Vietnam... Un des types les plus efficaces que j'aie jamais rencontrés.

Guy posa deux canapés au foie gras l'un contre l'autre, pour s'en faire un mini-sandwich, et avala d'un trait une coupe de champagne millésimé.

— Il fait quoi, maintenant que la guerre est finie ? Gorille pour rouquine ?

— Je suis content de voir que le moral revient ! Non, il compte ses sous... Grâce à ses contacts avec les milieux radicaux des États-Unis, il a tout de suite été en phase avec le développement de l'informatique. C'est parti des marginaux, bizarrement... Dès la fin des années 70, il importait les premiers ordinateurs « conviviaux », les premières consoles de jeux... Aujourd'hui, à lui tout seul, il tient un bon quart du marché.

Ils croisèrent également quelques avocats en civil, un ponte des Renseignements généraux en habit de tous les jours, des journalistes au repos, des écrivains désabusés, une chanteuse enrouée, un sénateur efflanqué, une actrice en Wonderbra, des producteurs de télé rêvant de cinoche, et des fondus de cinoche bavant devant le fric de la télé. Ils écartèrent un groupe de jeunes gens qui faisaient circuler un joint en jouant l'ordre de l'inspiration cannabique aux dés, et grimpèrent au premier étage. La surface avait été divisée en deux pièces d'une centaine de mètres chacune. La cuisine, tout en façade d'acier poli, était séparée du salon-bibliothèque par une immense baie vitrée coulissante rythmée par des arbustes exotiques plantés dans des pots en céramique mexicaine. Tout au fond, un escalier formé de deux volutes en bois du Nord conduisait aux chambres et aux bureaux des époux Talin. Un second trio d'extra en veste blanche officiait derrière des étendues de terrines, de viandes froides, de petits-fours. Victor fut happé par un couple de bavards, et Guy se réfugia à l'extrémité du buffet pour piquer quelques tranches de veau fines comme du jambon à l'aide de minuscules fourchettes de dînette. Il se fit servir un verre de margaux qu'il commença à déguster à petites lampées en regardant le passage d'Enfer, en contrebas. Il remarqua que, contrairement aux autres voies parisiennes, la numérotation des escaliers était continue, au lieu d'alterner chiffres pairs ou impairs d'un trottoir sur l'autre. Il vida son verre, en prit un autre et s'installa sur un canapé. Les yeux clos, lèvres entrouvertes sur le nectar, il se laissa bercer par les conversations alentour qu'il captait en inclinant la tête d'un côté ou de l'autre. Une voix d'homme à gauche :

— Quelle explosion sociale ? On nous la promet deux fois l'an. Les experts nous assuraient, il n'y a pas si longtemps, que le pays ne supporterait pas de passer le cap des trois millions de chômeurs. On en est officieusement à cinq, et ça ne se passe pas si mal que ça...

Une voix de femme à droite :

— Je suis allée voir cette exposition sur l'informe, au Moma, à New York... Un papier que m'avait commandé *Art Press*... Une volonté de mise en accusation de la réalité par la mise en exergue des déchets, des ratés, des souillures, de l'ordure que nous produisons à profusion... Le scandale était à son comble, les tenants de l'art officiel condamnaient à longueur de colonnes la dérive des « modernes »... Les femmes de ménage du Moma ont mis tout le monde d'accord en déclenchant une grève illimitée... En moins de trois jours, les détritus ont tout envahi, le musée est devenu une véritable poubelle, et l'on ne savait plus vraiment ce qui était de l'ordre de l'exposition et ce qui appartenait à la réalité...

Il s'accrocha pour capter une autre voix plus douce, plus lointaine.

— Non, je suis à l'autre bout de l'arrondissement, vers Plaisance... À deux pas de l'impasse Florimont où habitaient Brassens et celle pour qui il a composé sa chanson *La Jeanne*... En face, à la place des immeubles, il y avait les Asphaltes de Paris... L'odeur du goudron flottait en permanence sur tout le quartier... C'est drôle que l'on n'arrête pas de parler de mai 68, ce soir... À l'époque, les ouvriers de la boîte se sont frotté les mains : pour empêcher les lancers de pavés, la préfecture a décidé de recouvrir toutes les rues de Paris au macadam... Ça leur a donné du travail pour des années...

Il eut le réflexe de poser son verre sur une table basse et s'endormit.

13 mai, 2 h 30 du matin, passage d'Enfer.

Victor ne pensait plus depuis longtemps à Guy Chaplain, subjugué par les yeux vert pâle de la petite starlette qui faisait la pluie et le beau temps, le soir, sur Canal + et qui habitait, disait-elle en riant, rue de l'Observatoire. Elle se leva soudain, incapable de retenir davantage une ondée, et grimpa vers la salle de bains florentine. Il l'imita mais, pris de vertiges, renonça à la suivre. Il carburait au bourbon-champagne, et le mélange perturbait sérieusement son équilibre. Il respira profondément et marcha du plus droit qu'il put vers le buffet où il commanda un grand verre d'eau. La nymphette descendait de son ciel quand il tomba nez à nez avec l'ambassadrice qu'il était parvenu à éviter depuis le début de la soirée, au prix de mille stratagèmes.

— Irène ! Quelle surprise... Vous venez d'arriver ?

— Non, j'étais en bas... Je vous ai vu passer plusieurs fois. Je ne savais pas que vous vous intéressiez tant à la météo...

Il la fixa droit dans les yeux, monta d'un ton.

— Ne soyez pas jalouse, chère Irène, je travaillais pour vous : elle est imbattable sur la mousson et les microclimats hindous.

— Parlez moins fort, je vous en prie.

Sans trop savoir ce qu'il faisait, Victor affubla sa voix d'un épais accent petit-nègre.

— Oui, pat'lonne, bien sul, pat'lonne...

— Vous avez trop bu, vous êtes ridicule !

L'ambassadrice tourna les talons, mais Victor la retint par l'épaule.

— Pour une fois vous avez raison : je suis ridicule... Eh bien, j'assume mon ridicule. Mieux même, je le revendique ! Et bientôt il faudra que vous fassiez de même... Parce qu'il ne va pas tarder à vous tomber sur le coin de la gueule, *Le Foulard de Bali !*

Elle jeta des coups d'œil désespérés autour d'elle, effrayée à l'idée qu'un journaliste soit à portée d'oreille. En fait l'alcool et la came avaient rempli

leur mission, et personne ne s'intéressait plus à
son voisin. Irène guida Victor jusqu'au canapé où
dormait Guy Chaplain.

— Je ne comprends rien à ce que vous racontez...
Qu'est-ce que vous avez fait avec *Le Foulard de
Bali* ?

Il se rejeta contre le dossier en riant, réveillant
Guy qui, sans bouger, commença à les observer.

— Un acrostiche ! J'ai planqué un acrostiche,
voilà ce que j'ai fait ! Vous vous souvenez de la
page 143, quand Kashmir traverse une clairière et
qu'un renard sort du bois...

Elle haussa les épaules.

— J'ai la scène en tête, mais je ne sais pas si c'est
page 143.

— Je vous le confirme, page 143. Le deuxième
paragraphe débute de cette manière : *Là, avec une
terreur élémentaire, un renard cendré et sa tribu
déboulèrent aux limites où, surpris, ils stoppèrent...*

— Vous avez vraiment trop bu, Victor. À quoi
rime cette histoire de renards argentés ?

— Cendré, pas argenté...

Guy Chaplain se pencha vers l'ambassadrice.

— Il vous dit que c'est un acrostiche. Prenez la
première lettre de chacun des mots, il devrait y avoir
un message...

Il sortit un stylo, un papier de sa poche, et écrivit
le texte sous la dictée de Victor en portant les initiales

en capitales, puis il tendit la feuille à Irène qui, dans :

Là Avec Une Terreur Élémentaire Un Renard Cendré Et Sa Tribu Déboulèrent Aux Limites Où Surpris Ils Stoppèrent

déchiffra : *L'AUTEUR C'EST DALOSIS...*

Elle accusa le coup, mais la femme de décision reprit vite le dessus. Elle déchira la révélation du virus qui gangrenait « son » œuvre et fit face à son nègre révolté.

— Je ne me trompais pas, à l'instant, quand je parlais de « renard argenté ». Passez me voir demain chez moi. Nous rediscuterons des termes de notre contrat.

Puis elle tourna les talons et descendit récupérer son ambassadeur dans l'atelier du relieur-gaufreur. Guy inclina la tête vers Victor.

— Je n'ai pas tout compris à ce qui vient de se passer... Il figure où exactement cet acrostiche ?

Victor se mit difficilement à la verticale.

— Je t'expliquerai plus tard. J'ai la glotte qui baigne... Je vais essayer de me dégager...

Il entreprit l'ascension de l'escalier à double volute et se dirigea vers la salle de bains florentine. Des soupirs amoureux, des cris et des halètements qui lui semblaient familiers attirèrent le peu d'attention dont il était encore capable alors qu'il dépassait la chambre du couple Talin. Il laissa peser sa main sur la poignée, poussa lentement la porte. Des fesses roses et rebondies s'agitaient en tremblotant comme de la gélatine entre les cuisses nerveuses de Marie-Aude dont les plaintes s'accéléraient tout en devenant plus aiguës. Tout à sa besogne, le couple ne l'avait pas entendu, et Victor eut tout loisir d'identifier Pedro, l'ancien responsable du réseau d'aide aux déserteurs américains reconverti dans l'import-export de computers. Il rebroussa chemin, dessoulé par le spectacle de son infortune, commanda un bourbon à l'un des serveurs épuisé mais stoïque, et se dirigea vers la miss météo de Canal + qui faisait semblant de s'intéresser aux rayonnages de la bibliothèque.

13 mai 1998, 4 heures du matin, passage d'Enfer. Personne n'aurait pu dire exactement qui avait le premier entonné *Les Nouveaux Partisans*, un hymne maoïste que Dominique Grange avait gravé dans la cire, au début des années 70, et qu'elle chantait accompagnée par le chœur des dirigeants de la Gauche prolétarienne. Ils avaient tous repris en chœur, journalistes, avocats, publicitaires, juge d'instruction, sénateur, écrivains, marchand d'ordinateurs...

> *Nous sommes les nouveaux partisans*
> *Francs-tireurs de la guerre de classe*
> *Le camp du peuple est notre camp*
> *Nous sommes les nouveaux partisans...*

Certains s'étaient dressés, poing levé, pour mieux
scander les martiaux vers de mirliton de leurs vingt
ans, tandis que là-haut, dans une des chambres
d'amis, Victor naviguait entre les bras, les jambes,
les seins de la fille de l'Observatoire qui trouvait son
rythme en récitant la météo marine.

— Corse : secteur est 3 à 5, fraîchissant 4 à 6
l'après-midi, puis localement 7 près des extrémités
nord et sud de la Corse la nuit. Mer devenant agitée...
Coup de vent prévu pour Lion, Provence... Dépres-
sion 1 008 sur le nord de l'Espagne se décalant lentement vers le golfe de Gascogne...

Ce fut le couple habillé en Saint Laurent et
Rabanne, des antiquaires des arcades Rivoli, qui eut
l'idée de fêter dignement le trentenaire du 13 mai
1968 en érigeant une barricade au milieu du passage
d'Enfer. Pedro usa de son prestige pour prendre la
direction des opérations, et une petite troupe zigza-
gante se dirigea vers les grilles barrant l'entrée côté
boulevard Raspail. Au son de *L'Internationale*, les
conteneurs à ordures furent promptement traînés sur
les pavés ainsi que des cageots, des emballages de
fruits et légumes, de robots-mixeurs, soigneusement
empilés près du platane par l'épicier vietnamien et le
vendeur d'électroménager. Un matelas compissé par
tous les chiens du quartier, une vieille télé aban-
donnée et un frigo aux parois poisseuses d'huile de

friture complétèrent le dispositif des émeutiers du
petit matin. Des volets couinèrent, des fenêtres
bâillèrent dans les étages. On crut tout d'abord à une
offensive nocturne des hommes en vert de la propreté
de Paris.

— Qu'est-ce que c'est que ce raffut ? Il y en a qui
dorment ! C'est pas une heure pour ramasser les
ordures.

Un couplet rageur, entonné par une quinzaine de
poitrines, répondit aux récriminations des couche-
tôt.

> *Debout les damnés de la terre*
> *Debout les forçats de la faim...*
> *La raison tonne en son cratère*
> *C'est l'irruption de la fin...*

Un œuf fusa du troisième, puis ce fut une banane
noircie qui éclata sur un couvercle de poubelle, pro-
jetant des éclats visqueux sur les tenues de soirée.
Victor, suivi de sa nuageuse au regard couleur de
lagon, venait de redescendre à temps pour assister à
l'engagement des hostilités. Il essaya d'enrôler Guy
Chaplain pour défendre la barricade contre les
assauts aériens mais, trente ans plus tard, son ancien
adversaire pour le contrôle du comité d'action des
Arts appliqués se défiait toujours des menées gau-
chistes.

Une femme se mit à hurler tout en balançant des poignées de nouilles froides en direction des insurgés du passage d'Enfer.

— Vous allez voir ce que vous allez voir, bande d'ivrognes ! J'ai appelé les flics, ils vont vous embarquer en moins de deux...

L'antiquaire décolla une tagliatelle de son épaule, puis grimpa sur le couvercle d'une poubelle pour mieux distinguer celle qui les houspillait.

— Qu'ils viennent, qu'ils se dépêchent ! Nous les attendons de pied ferme : on a l'habitude de les faire reculer depuis leur déculottée de la rue Gay-Lussac !

Les premières canettes de bière éclatèrent sur le pavé inégal de la rue, indiquant clairement que l'engagement venait de franchir un sérieux seuil. Victor tenta de riposter en jetant une bouteille vide de champagne millésimé vers les étages, mais le cadavre décrivit une trajectoire minable, entortillée, et vint s'écraser aux pieds de Pedro. La femme de l'antiquaire courut vers l'appartement de Marie-Aude, et les assaillants interprétèrent son repli comme une fuite, mais elle réapparut presque immédiatement en faisant flotter au-dessus de sa tête un foulard rouge. Le rédacteur en chef de *Chasseur de profils*, le magazine du recrutement haut de gamme, se dévoua pour l'accrocher au bout d'un manche à balai qu'il planta à l'arrière du réfrigérateur.

13 mai 1998, 5 h 30 du matin, passage d'Enfer.

Le chauffeur de la limousine du ministère du Redéploiement industriel s'engagea dans la rue Campagne-Première et vint se ranger devant les grilles du passage d'Enfer. François Talin s'extirpa du creux de son siège, prit sa mallette et sortit à reculons. Il tendit la main à l'homme qui somnolait à l'autre bout de la banquette.

— Merci de m'avoir déposé, monsieur le chef de cabinet... À très bientôt...

Les cris et les imprécations redoublèrent d'intensité dès qu'il eut claqué la portière. Il reconnut les accents de *La Jeune Garde* qu'il se mit à fredonner tout en remontant la première partie du passage. Il découvrit l'amas hétéroclite alors qu'il dépassait l'angle droit, et se souvint qu'entre deux séances de négociation avec le gouvernement espagnol Marie-Aude lui avait brièvement parlé au téléphone d'une soirée « mai 68 » qu'elle envisageait d'organiser dans leur nouvel appartement. Le problème, c'est qu'elle en faisait toujours un peu trop. Il s'arrêta pour évaluer la situation. Une bonne centaine de voisins tirés de leur sommeil conspuaient les trente fêtards groupés autour de leur fanion écarlate. Si les premiers s'avisaient de passer une robe de chambre sur leur pyjama et de venir disputer la rue aux invités de sa femme, ils risquaient de chercher à obtenir une victoire totale en envahissant les anciens ateliers du relieur-gaufreur. Habitué à jauger les positions et les hommes, il comprit vite que Pedro menait la danse. Insensible aux effusions que suscitait son arrivée, il fila droit sur le leader et ne lui laissa pas le temps d'ouvrir la bouche.

— Je suis à deux doigts de t'obtenir un rendez-vous avec le ministre de l'Éducation pour que tu lui présentes ton nouveau matériel d'enseignement assisté... Si tu ne fais pas rentrer tes troupes dans la minute qui vient, les deux doigts en question tu pourras te les mettre dans le cul. Bien profond !

Il monta directement au premier étage et s'installa devant la grande table qu'un des extra s'empressa de débarrasser. Marie-Aude se pencha pour embrasser son mari et prit place face à lui.

— Tu as faim, tu veux quelque chose de particulier ?

Il se pencha vers la fenêtre pour assister à la lente retraite des émeutiers que saluaient les vivats des riverains.

— Non, j'ai mangé dans le jet du Glam en revenant de Madrid... Je vais prendre du champagne, ça me calmera les nerfs.

Les rescapés, au nombre d'une quinzaine, avaient maintenant approché des chaises, des fauteuils, et Guy Chaplain finit par suivre le mouvement. Les bouchons sautèrent, réveillant de vagues échos de lacrymos. Sous le regard attendri de Marie-Aude, Pedro porta un toast au maître de maison, histoire d'effacer son rôle dirigeant dans la révolution du passage.

— À François, en souvenir de tous les combats menés en commun !

Le directeur de *Chasseur de profils*, qui faisait face à Guy, vida sa coupe et se pencha vers le haut fonctionnaire.

— France-Info a annoncé tout à l'heure que la fermeture définitive de l'usine Renault de Barcelone avait été acceptée par le gouvernement espagnol... Vous pouvez le confirmer ?

— Le ministre doit faire une déclaration dans moins de cinq heures. Vous pouvez patienter, non ? À moins que l'un de leurs cadres dirigeants ne vous intéresse... Mais à votre place j'y regarderais à deux fois.

Le passionné de management étouffa sa voix.

— Ah bon, et pourquoi ça ?

— On ferme parce qu'ils se sont complètement plantés dans la détermination de leurs target-costing : les coûts ciblés étaient délirants... Ils n'ont jamais réussi à trouver le rapport optimal entre la qualité de leurs produits et leur coût. Résultat ils proposaient des voitures de très bonne tenue à des prix trop faibles, et des tacots à des prix prohibitifs.

Guy posa son verre.

— Et le plantage sur les target-costing, ça fait combien de licenciements ?

François Talin ne le regarda même pas, et lui répondit tout en allumant un des Davidoff que Victor proposait au dernier carré des invités, ne trouvant comme amateurs que le mari de sa maîtresse et Pedro qui, quelques heures auparavant, la lui avait provisoirement chipée.

— Trois mille cinq, sans compter les effets sur la sous-traitance... En Espagne, le ratio est de deux.

Le chasseur profilé reprit le contrôle de la conversation.

— Vous pensez vraiment que c'est la seule et unique raison ? La mission européenne de Barcelone a beaucoup évolué depuis une dizaine d'années. Surtout après les Jeux olympiques...

Le négociateur en redéploiement vida une nouvelle coupe.

— C'est une évidence. Barcelone n'est pas un cas d'école. On a déjà traité le même problème sur notre littoral méditerranéen. Les chantiers navals de La Ciotat, de La Seyne-sur-Mer... Il faut libérer les côtes abritées, et transférer les fabrications lourdes et sales, polluantes, dans les pays du tiers-monde. Supprimer les emplois industriels et les remplacer par d'autres, à forte valeur ajoutée... Tourisme, informatique...

Un sourire cannibale découvrit les dents du journaliste.

— C'est tout à fait ce que je pense, et je suis heureux que ce message circule enfin aux endroits stratégiques.

François Talin écrasa son cigarillo à demi consumé au fond de sa coupe.

— Personne n'aura le courage de le dire, mais il vaut mieux payer grassement des chômeurs que de maintenir certains secteurs en survie artificielle. En fin de compte, il revient moins cher d'augmenter le nombre des R.M.Istes que de subventionner des industries obsolètes, ou que de baisser la durée du travail. Chacun dans leur coin, ils se tiennent tranquilles... Ensemble dans des ateliers, à vingt heures par semaine, c'est la pétaudière...

13 mai 1998, 7 heures du matin, passage d'Enfer
Le jour s'était installé quand les derniers invités escaladèrent en chantant la barricade dérisoire sur laquelle flottait toujours le lambeau écarlate. Ils disparurent vers la rue Campagne-Première. De loin en loin leurs pas traînants heurtaient les cadavres de bouteilles de champagne, et les façades encaissées amplifiaient les couplets approximatifs de la chorale improvisée, ainsi que le roulement du verre sur le pavé irrégulier.

Nous travaillons pour la bonne cause
Pour délivrer le genre humain
Tant pis si notre sang arrose
Les pavés sur notre chemin
Prenez garde, prenez garde
V'là la Jeune Garde...

Marie-Aude et François se tenaient enlacés devant les mosaïques agrémentant la façade qu'une rumeur aussi flatteuse qu'inexacte attribuait à Gaudi. La lueur orangée de la benne à ordures tournoyait dans le passage. La camionnette réfrigérée du traiteur vint se mettre à cul devant la porte-fenêtre. Les serveurs hagards commencèrent à y enfourner les reliefs de la fête anniversaire. François tenta d'entraîner sa femme dans la chambre conjugale tout à l'idée de reproduire les figures érotiques qu'il avait surprises dans le jet en glissant son regard entre les sièges sur la revue que lisait le secrétaire d'État. Marie-Aude échappa à l'étreinte conjugale pour filer vers la salle de bains florentine.

— Je reviens, j'ai besoin de prendre une douche...

Elle fit glisser les fines bretelles sur l'arrondi de ses épaules. La robe tomba tout de suite, sans bruit, puis la lingerie. Marie-Aude enjamba l'amoncellement de vêtements. Le reflet nu de son corps se fondit dans la fresque puis son ombre ondula sur le

marbre. Elle contourna le jacuzzi et fit coulisser la
porte de la douche hydromassante tout en réglant
l'intensité de l'éclairage. Elle s'apprêtait à franchir
la petite marche quand son regard accrocha celui,
vitreux, de l'homme qui se balançait doucement
au bout d'une corde, dans la niche carrelée. Elle se
rejeta en arrière et il lui fallut plusieurs secondes
pour reconnaître dans ce pantin sans vie le type
silencieux dont elle ignorait le nom, et que Victor
avait traîné toute la soirée derrière lui, comme un
boulet.

Sommaire-dédicaces

Un but dans la vie   *à Jérôme Minet*
Zigzag men   *à Marvin Albert*
Passage d'Enfer   *à Philippe Videlier*

DU MÊME AUTEUR

Aux Éditions Gallimard

RACONTEUR D'HISTOIRES, *nouvelles* (Folio n° 4112).

CEINTURE ROUGE précédé de CORVÉE DE BOIS. Textes extraits de *Raconteur d'histoires* (Folio 2 € n° 4146).

ITINÉRAIRE D'UN SALAUD ORDINAIRE (Folio n° 4603).

CAMARADES DE CLASSE (Folio n° 4982).

PETIT ÉLOGE DES FAITS DIVERS (Folio 2 € n° 4788).

GALADIO (Folio n° 5280).

MÉMOIRE NOIRE (Folio Policier n° 594).

LE BANQUET DES AFFAMÉS (Folio n° 5646).

CORVÉE DE BOIS, en collaboration avec TIGNOUS (Folio n° 6038).

MISSAK, réédition (Folio n° 6447).

Dans la collection « Blanche »

ARTANA ! ARTANA !

Dans la collection « Série Noire »

MEURTRES POUR MÉMOIRE, *n° 1945* (Folio Policier n° 15). Grand Prix de la littérature policière 1984 ; prix Paul Vaillant-Couturier 1984.

LE GÉANT INACHEVÉ, *n° 1956* (Folio Policier n° 71). Prix 813 du roman noir 1983.

LE DER DES DERS, *n° 1986* (Folio Policier n° 59).

MÉTROPOLICE, *n° 2009* (Folio Policier n° 86).

LE BOURREAU ET SON DOUBLE, *n° 2061* (Folio Policier n° 42).

LUMIÈRE NOIRE, *n° 2109* (Folio Policier n° 65).

12, RUE MECKERT, *n° 2621* (Folio Policier n° 299).

JE TUE IL..., *n° 2694* (Folio Policier n° 403).

Aux Éditions du Cherche-Midi

LA MÉMOIRE LONGUE.

L'ESPOIR EN CONTREBANDE (Folio n° 5689). Prix Goncourt de la nouvelle 2012.

LE TABLEAU PAPOU DE PORT-VILA, *dessins de Joé Pinelli*, 2014.

NOVELLAS (Tome 1).

NOVELLAS (Tome 2).

NOVELLAS (Tome 3).

Aux Éditions Actes Sud

JAURÈS : NON À LA GUERRE !

Aux Éditions de l'Atelier

L'AFFRANCHIE DU PÉRIPHÉRIQUE.

Aux Éditions du Temps des noyaux

LA RUMEUR D'AUBERVILLIERS.

Aux Éditions Eden

LES CORPS RÂLENT.

Aux Éditions Syros

LA FÊTE DES MÈRES.

LE CHAT DE TIGALI.

Aux Éditions Flammarion

LA PAPILLONNE DE TOUTES LES COULEURS.

COLLECTION FOLIO

Impression Maury Imprimeur
45330 Malesherbes
le 31 mai 2021
Dépôt légal : mai 2021
1ᵉʳ dépôt légal dans la collection : mai 2006.
Numéro d'imprimeur : 254658

ISBN 978-2-07-041382-9. / Imprimé en France.

397041